VIDA DEL GLORIOSO CONFESOR SANTO DOMINGO DE SILOS

GONZALO DE BERCEO

LIBRO PRIMERO

1.En el nomne del Padre, que fizo toda cosa,
Et de don Ihesuchristo,fijo de la Gloriosa,
Et del Spiritu Sancto,que egual dellos posa,
De un confessor sancto quiero fer una prosa.

2.Quiero fer una prosa en roman paladino
En qual suele el pueblo fablar a su veçino,
Ca non so tan letrado por fer otro latino,
Bien valdrá,commo creo,un vaso de bon vino.

3.Quiero que lo sepades luego de la primera
Cuya es la ystoria, metervos en carrera:
Es de Sancto Domingo,toda bien verdadera,
El que diçen de Silos,que salva la frontera.

4.En el nonne de Dios,que nombramos primero,
Suyo sea el preçio,yo seré su obrero,
Galardón del laçerio yo em él lo espero,
Que por poco serviçio da galardón larguero.

5.Sennor Sancto Domingo,dizlo la escriptura,
Natural fue de Cannas,non de bassa natura,
Lealmente fué fecho a toda derechura,
De todo muy derecho,sin nulla depresura.

6.Parientes ovo buenos,del Criador amigos,
Que siguien los ensiemplos de los padres antigos.
Bien sabien escusarse de ganar enemigos:
Bien les venie en mientes de los buenos castigos.

7.Iuhan avie nomne,el su padre ondrado,
del linnage den Manns un omne sennalado,
Amador de derecho,de seso acabado,
Non falsarie su dicho por aver monedado.

8.El nombre de la madre deçir non lo sabria.
Commo non fué escripto non devinaria;
Mas vayala el nombre Dios,e Sancta Maria:

3/83

Prosigamos el curso,tengamos nuestra via.

9.La çepa era buena,emprendió buen sarmiento,
Non fu´commo canna,que la torna el viento,
Ca luego assi prendió,commo de buen çimiento,
De oir vanidades non le prendie taliento.

10.Servie a los parientes de toda voluntat,
Mostraba contra ellos toda humildat,
Traie,maguer ninnuello,tan gran simplicidat,
Que se maravillaba toda la veçindat.

11.De risos,nin de iuegos avie poco cuidado,
A los que lo usaban avieles poco grado;
Maguer de pocos dias,era muy mesurado,
De grandes,e de chicos era mucho amado.

12.Traie en contra tierra los oios bien premidos,
por non catar follias tenialos bien nodridos;
Los labros de la boca tenialos bien çeñidos,
por non deçir follias,nin dichos corrompidos.

13.El pan que entre día le daban los parientes,
Non lo querie él todo meter entre los dientes,
Partielo con los mozos que avie connoçientes:
Era mozo comprido,de mannas convinientes.

14.Creo yo una cosa,e se bien que es verdat,
Que lo yba ganando el Rey de Maiestat,
Ca façe tales cosas la su benignidat,
Que a la bestia muda da razonitat.

15.Essa vertut obraba en este criado,
Por essi ordenamiento vivie tan alumbrado,
Si non de tales dias non serie sennado,
Siempre es bien apriso qui Dios es amado.

16.Si oie razon buena,bien la sabie tener
Recordabala siempre,que non la querie perder:
Santiguaba su çebo quando querie comer,

Si façie que se quiere que avie de beber.

17.Deçie el Pater noster sobre muchas vegadas,
Et el Credo in Deum con todas sus posadas,
Con otras oraçiones que avie costumnadas,
Eranle estas nuevas al diablo muy pesadas.

18.Vivie con sus parientes la sancta criatura,
El padre,e la madre querianlo sin mesura:
De nulla otra cosa él non avie ardura,
En aguardar a ellos metie toda su cura.

19.Quando fué peonçiello,que se podie mandar,
Mandólo yr el padre las ovejas guardar:
Obedeçió el fijo,que non querie pecar,
Ixó con su ganado,pensólo de guiar.

20.Guiaba su ganado,como faz buen pastor,
Tan bien non lo farie alguno mas mayor,
Non querie que entrasen en agena labor,
Las oveias con elli avien muy grant sabor.

21.Dabales pastos buenos,guardabale de danno,
Ca temie que del padre reçibrie sossanno:
A rico,nin a pobre non querie fer enganno,
Mas querie de fiebre yaçer todo un anno.

22.Luego a la mannana sacabalas en çierto,
Tenie en requirirlas el oio bien abierto,
Andaba çerca dellas prudient, e muy espierto,
Nin por sol,nin por pluvia non fuíe a cubierto.

23.Caminaba a la tarde con ellas a posada,
Su cayado en mano,con su capa vellada:
A los que lo fiçieron,luego commo entraba
Besabales las manos,la rodiella fincada.

24.El pastor que non duerme en ninguna sazon,
Et fizo los abyssos que non avien fondon,
Guardabali el ganado de toda lesion,

Non façie mal en ello,sin lobo,nin ladron.

25.Con la guarda sobeia quel pastor les daba,
Et con la sancta graçia que Dios le minstraba,
Aprodaba la grei,cuatino meioraba,
Tanto que a algunos envidia lis tomaba.

26.Abel el protomartir fué pastor primero,
A Dios en sacrifiçio dió el meior cordero,
Fiçiole Dios por ende en çielo parçionero,
Demosle al de Silos por egual compannero.

27.Los sanctos patriarchas todos fueron pastores,
Los que de la ley veya fueron componedores,
Assi commo leemos e somos sabidores,
Pastor fué Samillan,e otros confessores.

28.De pastores leemos muchas buenas razones,
Que fueron prudientes,e muy sanctos varones:
Esto bien lo trobamos en muchas de lectiones,
Que trae este ofiçio buenas terminaçiones.

29.Ofiçio es de preçio,non caíe en viltanza,
Sin toda depresura, de gran significanza:
David tan noble rey,una fardida lanza,
Pastor fué de primero sin ninguna dubdanza.

30.Nuestro sennor don Christo,tan alta podestat,
Dixo que pastor era,e bueno de verdat:
Obispos,e abades quantos an dignidat,
Pastores son clamados sobre la christiandat.

31.Sennor Sancto Domingo de prima fué pastor,
Depues fué de las almas padre,e guiador:
Bueno fué en comienzo,a postresmas meior,
El Rey de los çielos nos dé el su amor.

32.Quatro annos andido pastor con el ganado,
De quanto le echaron era mucho criado:
Teniese el su padre por omne venturado,

Que criado tan bueno le avia Dios prestado.

33.Movamos adelante, en esto non tardemos,
La materia es grant,mucho non demoremos,
Ca de las sus bondades,maguer mucho andemos
La millesima parte deçirla non podremos.

34.El sancto pastorciello,ninno de buenas mnnas,
Andando con so grey por termino de Cannas,
Asmó de ser clerigo,saber buenas fazannas,
Por vevir onesto con mas limpias compannas.

35.Plógo a los parientes,quando lo entendieron,
Cambiaronle el habito,e otro meior le dieron,
Buscaronle maestro,el meior que pudieron,
Levaronlo a la eglesia,a Dios le ofreçieron.

36.Dieronle sus cartiellas a ley de monaçiello,
Assentóse en tierra,tollósse el capiello,
Con la mano derecha príso su estaquiello,
Príso fastal titol en poco de ratiello.

37.Venie a su escuela el infant grant mannana;
Non avie a deçirgelo,nin madre nin hermana,
Non façie entre dia luenga meridiana,
Anduvo algo aprisa la primera semana.

38.Fué en poco de tiempo el infant salteriado,
De hymnos, e de canticos,bien,e gent decrado,
Evangelios,epistoles aprisólas privado,
Algun mayor levaba el tiempo mas baldado.

39.Bien leie,e canatba sin ninguna pereza,
Mas tenie en el seso toda su agudeza,
Et sabia que en esso la yaçia proueza,
Non querie el meollo perder por la corteza.

40.Fué alzado el mozo,pleno de bendiçion,
Salló a mançebia,yxió sancto varon,
Façie Dios por él mucho,oye su oraçion,

Fué saliendo a fuerza la luz del corazon.

41.Ponie sobre su cuerpo unas graves sentençias,
Ieiunios,e vigilias,e otras abstinençias,
Guardabase de yerros, e todas fallençias,
Non falsarie por nada las puestas convenençias.

42.El obispo de la tierra oyó deste christiano,
Por quanto era suyo,tovose por lozano,
Mandol prender las órdenes,diogelas de su mano,
Fué en pocos de tiempos fecho missacantano.

43.Cantó la sancta missa el saçerdote noviçio,
Yba onestamente en todo su ofiçio,
Guardaba su eglesia,façia a Dios serviçio,
Non mostraba en ello nin pereza,nin viçio.

44.Tal era commo plata,mozo casto gradero.
La plata tornó oro quando fué epistolero,
El oro margarita quando fué evangelistero,
Qunado subió a preste semeió al luçero.

45.Toda sancta eglesia fué con él enxalzada,
Et fué toda la tierra por elli aventurada,
Serie Cannas por siempre rica, e arribada,
Si elli non oviesse la seyia canviada.

46.Castigaba los pueblos el padre ementado,
Acordaua las gentes,partielas de pecado,
En visitar enfermos non era embargado,
Si podia fer almosna,façiala de buen grado.

47.Contendie en bondades yvierno e verano,
Qui gelo demandaba dabal conseio sano,
Mientre el pan duraba non cansaba la mano,
Entenderlos podemos que era buen christiano.

48.De quanto nos deçimos él mucho meior era,
Por atal era tenido en toda la ribera,
Bien sabia al diablo tenerle la frontera,

Que non lo engannasse por ninguna manera.

49.El preste benedicto, de que fué ordenado,
Sovo anno e medio alli do fué criado,
Era del pueblo todo queriido,e amado,
Pero por una cosa andaba conturbado.

50.Fué las cosas del siegloel buen omne asmando,
Entendió commo yban todas empeyorando,
Falsedat e cobdiçia eran fechas un vando,
Otras muchas nemigas a ellas acostando.

51.Diçie: Ay mesquino! si non cambio logar,
Lo que yo non querria abrelo aqui passar,
El lino cabel fuego malo es de guardar,
Suelen grandes peligros de tal cosa manar.

52.Si yo peco en otre, de Dios seré reptado,
Si en mi pecare otre,temo seré culpado,
Mas me vale buscar logar mas apartado,
Meior me será esso que vivir en pecado,

53.Los qui a Dios quisieron dar natural serviçio,
Por amor qui pudiessen guardarse de viçio,
Essa vida fiçieron la que yo fer cobdiçio,
Si guardarme quisier el don que dixo,siçio.

54.En los primeros tiempos myos anteçesores,
Qui de sancta eglesia fueron çimentadores,
De tal vida quisieron façerse sofridores,
Sofrieron sed, e fambre,eladas, e ardores.

55.Sant Iohan el Baptista,luego en su ninnez,
Renunçió el vino,sizra, carne, e pez,
Fuyó a los desiertos,donde ganó tal prez,
Qual non dixrie nul omne,nin alto,nin befez.

56.Antonio el buen padre, e Paulo su calanno,
El que fué,commo diçen,el primero ermitanno,
Vizquieron en el yermo en un desierto estranno,

Non comiendo pan bueno,nin vistiendo buen panno.

57.Maria la Egypçiaca,pecatriz sin mesura,
Moró mucho en yermo,logar de grant presura,
Remedió sus pecados sofriendo vida dura:
Qui vive en tal vida es de buena ventura.

58.El confesor preçioso,ques nuestro veçino,
Samillan el caboso,de los pobres padrino,
Andando por los yermos y abrió el camino,
Por end subió al çielo,do non entra merino.

59.El su maestro bueno San Feliçes clamado,
Que yazie en Billivio en la cueba cerrado,
Fo ermitanno vero en bondat acabado,
El maestro fo bueno,e nudrió buen criado.

60.Essos fueron,sin dubda,omnes bien acordados,
Qui por salvar las almas dexaron los poblados,
Visquieron por los yermos mezquinos,e lazrados,
Por ent façen vertudes,onde son adorados.

61.Muchos son los padres que fiçieron tal vida,
Yace en Vitas Patrum dellos una partida,
Toda gloria del mundo avien aborreçida,
Por ganar en los çielos alegria complida.

62.El Salvador del mundo,que por nos carne príso,
De que fó bateado,quando ayunar quiso,
Por a nos dar exiemplo al desemrto se miso,
Ende salió el demon,mas salió ent mal repiso.

63.Los meiores de Egipto,campannas benedictas,
Por quebrantar sus carnes façense ermitas,
Tienen las voluntades en corazón mas fitas,
Fueron de tales omnes muchas cartas escritas.

64.Yo,pecador mezquino,en poblado, qué fago !
Bien como, e bien bebo,bien visto, e bien yago,
De vevir en tal guisa sabe Dios non me pago,

Ca trahe esta vida un astroso fallago.

65.El saçerdot preçioso,en qui todos fiaban,
Desamparó a Cannas, do mucho lo amaban
Parientes, e amigos, qui mucho li costaban,
Alzóse a los yermos,do omnes no moraban.

66.Quando se vió solo, del pueblo apartado,
Folgó,commo si fuesse de fiebre terminado,
Rendie graçias a Christo, que le avie guiado,
Non tenie (bien sepades) pora çena pescado.

67.El ermitanno nuevo diose a grant lazerio,
Façiendo muchas preçes,rezando su salterio,
Diciendo bien sus oras todo su ministerio,
Dabale a las carnes poco de refrigerio.

68.Sufriendo vida dura,yaçiendo en mal lecho,
Prendie el omne bueno de sus carnes derecho,
El mortal enemigo sediel en su asecho,
Destas afliçiones aviel grant despecho.

69.Porque façie mal tiempo,caye fria elada,
O façie viento malo,oriella destemplada,
O niebla precodida, o pedrisca irada,
El todo este laçerio non lo preçiaba nada.

70.Sufrie fiero laçerio las noches,e los dias,
Tales commo oyestes en otras fantasia,
Mas el buen christiano suçesor de Helias
Non lo preçiaba todo quanto tres chirivias.

71.Cuntió gran negligençia a los que lo sopieron,
El logar do estido,que non lo escribieron,
O creo por ventura,que non lo entendieron,
Que se cambiaba siempre,ende non lo dixieron.

72.Doquier quel estido en val,o en poblado,
Era por el su merito el logar mas honrado,
Ca por el omne bueno, commo diçe el tratado,

Et por el confessor es logar sagrado.

73. Anno e medio sóvo en la ermitannía,
Dizlo la escriptura, ca yo non lo sabia,
Quando non lo leyesse, decir non lo querria,
Ca afirmar la dubda grant pecado avria.
74. Todos los sus laçerios, todas las tentaciones
Non lo sabrien deçir los que leen sermones,
Si non los que sofrieron tales tribulaçiones,
Et pasaron por ellas con firmes coraçones.
75. Oraba el bon omne de toda voluntat
A Dios que defendiesse toda la christiandat,
Diesse entre los pueblos pan, e paz, e verdat,
Temporales temprados, amor, e caridat.
76. Oraba por los enfermos, que diese sanidat,
A los encaptivados que diese enguedat,
Et a la yent pagana tolliese podestat
De fer a los christianos premia, e crueldat.
77. Oraba muy afirmes al su Sennor divino,
A los ereges falsos, que semnan mal venino,
Que los refiriesse, çerrasseles el camino,
Que la fee non botasse la fez del su mal vino.
78. Oraba a menudo a Dios él por si mismo,
Quelque era padre, e luz del christianismo,
Guardaselo de juro, e de mortal sofismo.
Por non perder el pacto, que fizo al baptísmo.
79. Non se le olvidaba orar por los passados,
Los que fieles fueron, murieron confessados,
Por otros sus amigos, que tenia sennalados,
Deçie el omne bueno pater nostres doblados.
80. Sennor Sancto Domingo usado de laçerio,
Non daba a sus carnes de solozar nul remedio,
Vísco en esta vida un anno e medio,
Sabet que poco viçio ovo en este comedio.
81. Por amor que viviesse aun en mayor penitençia,
Et non fiçiesse nada a menos de licencia,
Asmó de ferse monge, e fer obediençia
Que fuesse travado fora de su potençia.
82. Non lo tenga ninguno esto a liviandat,
Nin que menoscabo de la su sanctidat,

Ca en sí ovo siempre complida caridat,
Quen poder ageno metió su voluntat.
83. Desçendió de los yermos el confessor onrrado,
Vino a San Millán, logar bien ordenado
Demandó la mongia, dierongela de grado,
Fó bien se acordasse la fin a este estado.
84. Príso bien la orden el novel caballero
Andando en conviento éxo muy buen claustrero,
Manso, e avenido, sabroso compannero,
Humillóse en fechos, en dichos verdadero.
85. Grado bueno a Dios, e a Sancta Maria,
Non avini meior nul monge en la mongia,
Lo que diçie la regla, façia él todavia,
Guardaba bien la orden sin ninguna folia.
86. Sennor Sancto Domingo leal escapulado
Andaba en la orden commo bien ordenado,
Los ojos aprimidos, el capiello tirado,
La color amariella, commo omne lazrado.
87. Que quier que mandaba el su padre abat,
O prior propuesto de la soçiedat,
Obedesçie él Juego de buena voluntat,
Teniengelo los buenos a bona christiandat.
88. En la claustra, nin en coro nin entro logar,
Que vedaba la regla, él non querie fablar,
Qui quiere que en çierto lo quisiesse buscar,
Fose a la eglesia açerca del altar.
89. Si ad opera manum los mandaban exir,
Bien sabie el bon omne en ello avenir.
Por nula iongleria non lo farian reir,
Nin vilania ninguna de la boca salir.
90. Porque era tan bono el fraile tan honesto,
Et la obediençia lo trovaba tan presto,
Et de tan bona guisa era todo su gesto,
Algunos avia dellos, que les pesaba desto.
91. Si los otros sus fradres lo quisiessen sofrir,
Ell de la eglesia nunqua querria exir,
Las noches, e los días y los querrie troçir.
Por salvar la su alma, al Criador servir.
92. A él cataban todos commo a un bon espeio,
Ca yaçie grant tesoro so el su buen pelleio.

Por padre lo cataban esse sancto conçeio,
Foras algun maliello, que valie poquilleio.
93. Ante vos lo dixiemos, si bien vos remembrades,
Que serie luenga soga deçir las sus bondades,
Movamos adelante, si nos lo conseiades,
Ca aun mucho finca mas de lo que coidades.
94. El abat de la casa fabló con su conviento,
Asmaron una Cosa, fiçieron paramiento
De ensayar este omne qual era su taliento,
Si era tal por todo qual a él demonstramiento.
95. Dixieron ensaemosle, veremos que tenemos,
Quando lo entendieremos, mas seguros seremos,
Ca diz la escriptura, e leerlo solemos,
Que oimos la lengua, mas el cuer non sabemos.
96. Mandemosle que vaya a alguna deganna,
Que sea bien tan pobre commo pobre cabanna,
Si fer non lo quisiere, o demonstrare sanna,
Alli lo entenderemos, que tiene mala manna.
97. Çerca era de Cannas, e es oyen dia,
Una casa por nombre dicha Sancta Maria,
Essa era muy pobre, de todo bien vaçia,
Mandaronle que fose prender essa valia.
98. Consintió el bon omne, non desvió en nada,
Fizo el inclín luego, la bendiçion fo dada,
Oró al cuerpo sancto oraçion breviada,
Dixo palabras pocas, razon acordada.
99. Sennor, dixo, que eres de complido poder,
Ca a los que bien quieres non los dexas caer,
Sennor tu me aparta, cayate en plç;er,
Que lo que he lazrado non lo pueda perder.
100. Siempre cobdiçie esto, e aun lo cobdiçio,
Apartarme de el sieglo de todo so bolliçio,
Vevir so la tu regla, morar en tu serviçio:
Sennor merçed te clamo, que me seas propiçio.
101. Por ganar la tu graçia fize obediençia,
Por vevir en tormento, morir en penitençia,
Sennor por el tu miedo non quiero ver fallençia,
Si non, non ixiria de esta mantenençia.
102. Sennor, yo esto quiero quanto querer lo debo,
Si non, de mi faria a los demonios çebo,

Contra la aguijada coçear non me trevo,
Tu sabes este vaso, que sin grado lo bebo.
103. Por algun serviçio façer a la Gloriosa,
Creo bien, e entiendo, que es honesta cosa,
Ca del Sennor del mundo fué Madre, e Esposa,
Plaçeme ir a la casa, enna qual ella posa.
104. Ixió del monesterio el sennor a amidos
Despidióse de todos los sus fraires queridos,
Los que bien lo amaban fincaban doloridos,
Los que lo basteçieron yá eran repentidos.
105. Fué a Sancta María el varon benedicto,
Non falló pan en ella, nin otro ningun victo,
Demandaba almosna commo romero fito,
Todos le daban algo, qui media, qui zatico.
106. Con Dios, e la Gloriosa, e la creençia sana,
Viniele buena cosa de ofrenda cutiana,
De noche era pobre, rico a la mannana,
Bien partie la ganançia con essa yent christiana.
107. El varon del buen seso por la ley comprir ,
Queriendo de laçerio de sus manos vevir,
Empezó a labrar por dexar de pedir,
Ca era grave cosa para él de sofrír.
108. Meioró en las casas, e ensanchó heredades.
Compuso la eglesia, esto bien lo creades,
De libros, e de ropas, e de muchas bondades:
Sufrió en este comedio muchas adversidades.
109. Yo Gonzalo, que fago esto a su amor,
Yo la vi, assi veya la faz del Criador,
Una chica coçina asaz poca labor,
Y escriben que la fizo esse buen confessor.
110. Fué en pocos de annos la casa arreada,
De labor de ganados asaz bien aguisada,
Yá trovaban en ella los mezquinos posada,
Por él fué, Deo graçias, la eglesia sagrada.
111. Confessó a su padre, fizolo fradear,
Ovo ennas sus manos en cabo a finar,
Soterrólo el fijo en el mismo fossar ,
Pesame que non somos çerteros dellogar.
112. La madre que non quiso la orden reçebir,
Non la quiso el fijo a casa aduçir,

Ovo en su porfidia la vieia a morir:
Dios haya la su alma, si lo quiere oir!
113. Dexemos al bon omne folgar en su posada,
Ministrar a los pobres elli con su mesnada;
Demos al monasterio de Samillán tornada,
Ca aun non es toda la cosa recabdada.
114. El abbat de la casa, como omne senado,
Metió en esto mientes, tovosse por errado
Por tal omne commo este seer asi apartado,
Porque el monesterio serie mas ordenado.
115. Aplegó su conviento, tractaron esta cosa,
Vidieron que non era apuesta, nin fermosa,
Tan perfecto christiano de vida tan preçiosa,
Façerle degannero en deganna astrosa.
116. Dixeron todos: plaznos, que venga a conviento,
Todos havemos dello sabor et pagamiento,
Conosçemos en elle de bondat complimiento,
Dél nunca reçibiemos ningun enoiamiento.
117. Embiaron por elli luego los companneros,
Rogar non se dexaron mucho los mensayeros.
Obedeçió él luego a los dichos primeros,
Abrieronle las puertas de grado los porteros.
118. Entró, al cuerpo sancto fizo su oraçion,
Desend subió al coro prender la bendiçion,
Ovieron con él todos muy grant consolaçion,
Commo con companneros de tal perfecçion.
119. El perfecto christiano de la grant paçiençia,
Tan grant amor coió conna obediençia,
Que por todas las muebdas, por toda la sufrençia,
Nunqua moverse quiso a ninguna falençia.
120. Diole tamanna graçia el Rey çelestial,
que yá non semeiaba criatura mortal,
Mas o angel, o cosa, que era spirital.
Que vivie con ellos en figura carnal.
121. En logar de la regla todos a él cataban,
En claustra, e en coro por él se cabdellaban:
Los dichos que diçia melados semeiaban,
Commo los que de boca de Gregorio manaban.
122. Porque era tan bono, de todos meiorado,
El abbat de la casa dióle el priorado:

Querielo si podiesse escusar de bon grado,
Mas deçir, non lo quiero, tenialo por pecado.
123. Tovo el priorado, dizlo el cartelario,
Commo pastor derecho, non commo merçenario,
Al lobo maleito de las almas contrario.
Tenielo reherido fuera del sanctuario.
124. Muchas cosas que eran mala-miente posadas,
Fueron en buen estado por est prior tornadas
El abat si andaba fuera a las vegadas,
Non trovaba las cosas al torno peyoradas.
125. Beneita la claustra, que guia tal cabdiello.
Beneita la grey, que há tal pastorçiello!
Do há tal castellero, feliz es el castiello,
Con tan buen portillero feliz es el portiello.
126. Una cosa me pesa mucho de coraçon,
Que avemos un poco a cambiar la razon,
Contienda que le nas~ió al pre~ioso varon,
Porque passó la sierra, e la fuend de gaton.
127. El rey don Garçia de Nagera sennor,
Fijo del rey don Sancho el que diçen mayor ,
Un firme caballero, noble campeador,
Mas para Sant Millán podrie ser meior;
128. Era de buenas mannas, avie cuerpo fermoso,
Sobra bien razonado, en lides venturoso,
Fizo a mucha mora vidua de su esposo;
Mas avie una tacha, que era cobdicioso.
129. Fizo sin otras muchas una caballeria,
Conquíso Calaforra, siella de bispalia,
Ganóle su eglesia a la Virgen Maria,
Dióle un gran servicio a Dios en esse dia.
130. El rey don Fernando, que mandaba Leon,
Burgos Con la Castiella, Castro, e Carrion,
Amos eran hermanos, una generación,
Era de los sus reinoS Monte Doca moion.
131. Vino a Sant Millán, mov ió lo el pecado,
Por qual cueta que era vinie desaborgado,
Demandó al conviento quando fué albergado,
Bien gelo entendieron, que non vinie pagado.
132. Abbat, dixo el rey, quiero que me oyades,
Vos, e vuestro conviento los que aqui morades,

Porque es mi venida quiero que lo sepades,
Qui escusar non vos puedo, quiero que me valades.
133. Contarvos mi façienda serie luenga tardanza,
Que las razones luengas sempre traen oianza,
Abreviarlo quiero, e non fer alonganza,
Quiero de los thesoros, que me dedes pitanza.
134. Mis abuelos lo dieron, cosa es verdadera,
Esto, e lo al todo de la sazon primera.
Presten a mi ahora, cosa es derechera,
Aun los pecharémos por alguna manera.
135. El abbat, e sus frailes fueron mal espantados,
Non recudie ninguno, tant eran desarmados,
El prior entendiólo que eran embargados,
Recudiol, e díxol unos dichos pesados.
136. Rey, diz, merçed te pido, que sea escuchado,
Lo que deçirte quiero, non te sea pesado,
Pero que so de todos de seso mas menguado,
Cosa desaguisada non dizré de mi grado.
137. Tus abuelos fiçieron este sancto ospital,
Tu eres padron dende, e sennor natural;
si esto te negassemos fariamoslo muy mal,
Pecariamos en ello pecado criminal.
138. Los qui lo levantaron a la orden lo dieron,
Metieron heredades, tesoros ofreçieron,
Por dar a Dios serviçio por esso lo fiçieron,
Non tomaron por ello desque lo y metieron.
139. Lo que una vegada a Dios es ofreçido.
Nunca en otros usos debe ser metido,
Qui ende lo camiasse serie loco tollido,
En die de el indiçio seriele retrahido.
140. Si esto por ti viene, eres mal acordado,
Si otro lo conseia, eres mal conseiado,
Rey guarda tu alma, non fagas tal pecado,
Ca serie sacrilegio, un crimen muy vedado.
141. Sennor bien te conseio que nada emprendas,
Vive de tus tributos, de tus derechas rendas,
Por aver que non dura la tu alma non vendas,
Guardate ne ad lapidem pedem tuum offendas.
142. Monge, dixo el rey, sodes mal ordenado,
De fablar antel rey, qué vos fizo osado?

Paresçe de silençio qui non sodes usado,
Bien creo que seredes en ello mal fallado.
143. Sodes de mal sentido, commo loco fablades,
Fervos e sin los oios, si mucho papeades,
Mas conseiarvos quiero, que callado seades,
Fablades sin liçencia, mucho desordenades.
144. El prior sóvo firme, non dió por ello nada,
Rey dixo, yo en esto verdad digo probada,
Non serie por decretos, nin por leyes falsada,
Tu en loguer prometesme asaz mala sollada.
145. Yo non lo mereçiendo, rey, so de ti mal trecho,
Menazasme a tuerto, yo diçiendo derecho,
Non devies por tal cosa de mi aver despecho:
Rey, Dios te defienda, que non fagas tal fecho.
146: Monge, dixo el rey, sodes muy razonado,
Legista semeiades, ca non monge travado,
Non me terné de vos, que so bien vendegado,
Fasta que de la lengua vos aya estemado.
147. Todas estas menazas, quel rey contaba,
el varon beneyto nada non las preçiaba,
Quanto él mas diçia, él mas se esforzaba,
Pesabale sobeio porque el rey peccaba.
148. Rey, dixo mal façes, que tanto me denuestas,
Diçes con la grant ira palabras descompuestas,
Grant carga de pecado echas a las tus cuestas,
Que de membres agenos quieres fer tales puestas.
149. Las erranzas que diçes con la grant follonia
Et los otros pecados que façes cada dia,
Perdonetelos Christo, el fijo de Maria :
Mas de quanto te dixe yo non me camiaria.
150. Fabló el rey, e dixo: don monge denodado,
Fablades commo qui siede en castiello alzado;
Mas si prender vos puedo defuera del sagrado,
Seades bien seguro, que seredes colgado.
151. Fabló Santo Domingo, del Criador amigo:
Rey, por Dios que oyas esto que te digo:
En cadena te tiene el mortal enemigo.
Por esso te ençiende que barages conmigo:
152. La ira, e los dichos aduçente grant danno,
El diablo lo urde, que trahe grant enganno.

Embargado so mucho, rey, del tu sosanno,
Quantos aqui sedemos yac;emos en mal banno.
153. Puedes matar el cuerpo, la carne mal traer,
Mas non as en la alma, rey, ningun poder:
Dizlo el Evangelio, que es bien de creer ,
El que las almas iudga, esse es de temer .
154. Rey, yo bien te conseio commo a tal sennor,
Non quieras toller nada al sancto confessor,
De lo que ofreçiste non seas robador,
Si non, ver non puedes la faz del Criador.
155. Pero si tu quisieres los thesoros levar,
Nos non te los daremos, vetelos tu tomar,
Si non los amparare el padron del logar,
Nos non podremos, rey, contigo baraiar.
156. Irado fo el rey, sin conta, e sin tiento,
Afiblóse el manto, partióse del conviento,
Tenie que avie priso grant quebrantamiento,
A vie del prior solo sanna, e mal taliento.
157. Fincó con su conviento el confessor honrado,
Por todos los roidos él non era cambiado,
Guardaba su ofiçio. que avie comendado,
Si lo fiçiesen martir seria él muy pagado.
158. Entró al cuerpo sancto, e dixo a Samillan:
Ay padre de muchos que comen el tu pan!
Vees ques el rey contra mi tan villan,
Non me dá mayor onrra, que farie a un can.
159. Sennor, que de la tierra padre eres, e manto,
Rogote que te pese este tan grant quebl:anto,
Ca yo por ti lo sufro, sennor, e padre sancto,
Pero por sus menazas yo poco me espanto.
160. Confessor, que partiste con el pobre la saya,
Tu non me desampares, tu me guia do vaya.
Quel tu monesterio por mi mal non aya,
Et este leon bravo por mi non lo maltraya.
161. Cosa es manifiesta, que es de mi írado,
Et buscará entrada por algun mal forado,
Fará mal a la casa, non temerá el pecado,
Ca bien gelo entiendo, que es. mal ensennado.
162. Commo él lo asmaba, todo assi avino.
Semeió en la cosa çertero adevino,

Que avie a comer pan de otro molino,
Et non serie a luengas en Samillan veçino.
163. Sóvose muy quedado, sopose encobrir,
Su voluntat non quiso a nade descobrir,
Atendie esta cosa a que podrie exir,
Pero él non çessaba al Criador servir.
164. El diablo en esto de balle non sestído,
Ovo un mal conseio aina basteçido:
Demonstrole al rey un sendero podrido,
Por vengar el despecho que avie conçebido.
165. Fabló con el abbat el rey don Garçia:
Abbat, diz, so mal trecho en vuestra abbadia.
Por iuego, nin por vero nunca lo cuidaria,
Que yo en esta casa repoyado seria.
166. Afirmes vos ¡o digo, quiero que lo sepades,
Si del prior parlero derecho non me dades,
Levaré los thesoros, aun las heredades,
Que quantos aquí sodes por las puertas vayades.
167. El abbat non firme fué ayna cambiado,
Era, commo creemos, de embidia tocado:
Otorgolí al rey, que lo farie de grado,
Nin fincarie en casa, nin en el priorado,
Diz el rey: con esto, seré vuestro pagado.
168. Lo que Sancto Domingo avie ante asmado,
Ya yba vediendo la tela, mal pecado.
Fó de la priora que tenie, despojado,
Et fué a muy grant tuerto de la casa echado.
169. Pusieron por escusa, que lo façien sin grado,
Porque vedian que era el rey su despagado,
Et por esta manera lo avrian amansado,
Et aurie el despecho que tenie olvidado.
170. Dieronle do viviesse un pobre logareio,
End non podrie trovar asaz poco conseio,
El toda esta coita vediala por trebeio,
Reveyese en ella commo en un espeio.
171. Tres fueron los logares, assi commo leemos,
Mas do fueron, o quales, esto non lo sabemos,
Todos eran mezquinos, entenderlo podemos,
Non li darian los ricos, segun que lo creemos.
172. Dióle Dios bona graçia, ca él la mereçia,

Dabanle todos tanto quanto menester avia,
Vivrie, si lo dexassen, en esso que tenia,
Mas el mal enemigo esso non lo queria.
173. Non podie el rey oblidar el despecho,
Por buscarle achaque andaba en assecho.
Ante de medio anno echoli un grant pecho,
Cuidó por esta manna aver delli derecho.
174. Dixol Sancto Domingo: rey. en qué contiendes?
Semeia que cutiano mas mucho te ençiendes;
Quíero que lo entiendas, si bien non lo entiendes:
Someia que tu tiempo en balde lo espiendes.
175. Rey, tu bien lo sabes, nunqua me diste nada,
Nin pecunia agena non tengo comendada,
Non quería tal cosa tenerla condesada,
Mas querría partirla entre la gent lazrada.
176. Por Dios que non me quieras tan mucho segudar,
Sepas de mi non puedes nulla cosa levar,
Aun porque quisiesse non terria que dar:
Xugo del fuste seco qui lo podrie sacar?
177. Monge, dixo el rey, non sodes de creer.
Sabemos que tenedes alzado grant aver,
Quando la abbadia teniades en poder,
Bien me lo diçen todos qui soliades façer.
178. Rey, esto me pesa mas que todo lo al,
Sobponesme furto, un pecato mortal,
Yo nunca alçé proprio, nin fize cosa atal,
Adugo por testigo al Padre Spirital.
179. Don monge, diz el rey ,mucho de mal sabedes,
Lo que todos sabemos por niego lo ponedes,
Essas ypocrisias, que combusco traedes,
Bien creo que en cabo amargas las veredes.
180. Rey, dixo el monge, si tal es mi ventura,
que non pueda contigo aun vida segura,
Dexar quiero tu tierra por foir amargura,
Iré buscar do viva contra Estramadura.
181. Comendóse al padre, que abre e que çierra,
Despidióse de todos, desamparó la tierra,
Metióse en carrera, e atravesó la sierra,
Por tierras de Nagera contesçiol mala yerra.
182. Quando fó de las sierras el varon declinando,

Bebiendo aguas frias, su blaguiello fincando,
Arribó a la corte del bon rey don Fernando,
Plógo al rey, e dixo, quel cresçie grant vando.
183. Prior, dixo el rey, bien seades venido,
De voluntad me place que vos é conosçido,
Con vuestra connosçençia tengome por guarido,
Plógo con él a todos, e fó bien reçibido.
184. Rey, dixo el monge, mucho te lo gradesco,
Que me das tan grant onrra, la que yo no merezco,
Mas por Dios te lo pido, a quien yo obedezco,
Que reçibas un ruego que yo a ti ofrezco.
185. Exido so del reyno do naçí, e vivia,
Porque con tu hermano avenir non podia:
Ruegote que me dones una ermitania,
Do sirva al que nasçio de la Virgen Maria.
Plazme, dixo el rey, esto por la fe mia.
186. Dexemos al bon omne con el rey folgar,
Convienenos un poco la materia a cambiar,
Non podriemos sin esso la razon acordar,
Porque nos alonguemos bien sabremos tornar.
187. En tierra de Carazo, si oyestes contar,
Una cabeza alta, famado castellar,
Habie un monesterio, que fué rico logar,
Mas era tan caido, que se querie ermar .
188. Solie de monges negros vevir y bon conviento,
De cuyo ministerio avie Dios pagamiento,
Mas era de tal guisa demudado el viento,
Que fascas non avien ningun sostenimiento.
189. Todo esti menoscabo, esta tan grant fallençia,
Vinie por mal recabdo, e por grant negligençia,
Ca avie enna casa puesto Dios tal sentençia,
Pora Sancto Domingo dar honorifiçençia.
190. Pero avie en casa aun monges, y a quantos,
Que façien bona vida, e eran omnes sanctos,
Estos eran bien pobres de sayas e de mantos,
Quando avien comido fincaban non muy fartos.
191. Avie entre los otros un perfecto christiano,
Commo diz el scripto, dicienle Liciniano,
Avie pesar, e coita deste mal sobrazano,
Que siempre peyoraba invierno, e verano.

192. Entró a la eglesia, plegó antel altar ,
Declinó los ynoyos, empezó a rogar:
Sennor Dios, a qui temen los vientos, e la mar,
Tu torna los tus oyos sobre este logar.
193. Sennor, a nos non cates, que somos pecadores,
Et somos sin recabdo non bonos provisores,
Miembrete de los bonos nuestros antecessores,
Que deste monesterio fueron contenedores.
194. Sennor, onde que sea, embianos pastor,
Que ponga esta casa en estado meior,
Mal nos façe la mengua, la verguenza peior,
Esta por que aviene tu eres sabidor.
195. Sennor Sant Sabastian, del logar vocaçion,
Martir de Dios amado oye mi oraçion,
Tuelli deste monesterio esta tribulaçion,
Non caya la tu casa en tan grant perdiçion.
196. Dadnos qui nos captenga, siervo del Criador,
Qui sofrist grant martirio por ganar su amor,
Porque nos somos malos, y de poco valor,
Non caya la tu casa en tan grant desonor.
197. Casa que fo tan rica, de tan grant complimiento,
Do trovaban conseio mas de çient veçes çiento,
Vivien de bonos monges en ella gran conviento,
Ayna de serpientes será habitamiento.
198. Sennor, merçed te clamo, sea de ti oído,
Tan noble monesterio non sea destroido,
Busca algun conseio, martir de bon sentido,
De esta petiçion con esto me espido.
199. La oraçion devota fue de Dios exaudida,
Ca façiela el monge de voluntat complida,
Aspiró en el rey príncipe de bona vida,
Una cosa que ante non avie comedida.
200. Vinole a desoras al rey en corazon,
De dar el monesterio al preçioso varon,
Metrie Dios en la casa su sancta bendiçion,
Cessarie por ventura aquella maldiçion.
201. El rey del buen tiento fabló con sus varones,
Con los mayores prinçipes, e los mas sabidones:
Oydme, dixo, amigos, unos pocos sermones,
A lo que deçir quiero abrit los corazones.

202. Todos lo entendemoslol, cosa es conosçida,
La eglesia de Silos commo es decaida,
Façienda tan granada en tanto empobrida,
Abes pueden tres monges aver en ella vida.
203. Por los nuestros pecados todo aquesto passamos,
Que somos pecadores, e non nos emendamos,
Sola-mientre en ello cabeza non tornamos,
Sepades que en esto dura-mientre erramos.
204. Es por un monesterio un reino captenido,
Ca es dias e noches Dios en elli servido,
Assi puede seer un reino maltraido
Por un logar bono, si es esperdeçido.
205. Si a todos ploguiesse, terria por bien esto,
Oviessemos un omne devoto, e honesto,
Et tal es mi creençia, que yo lo tengo presto
En qui yo non entiendo de desorden nul gesto.
206. El prior de Samillan es entre nos caido.
Omne de sancta vida, e de bondat complido,
Es por qual manera de su tierra exido,
Por Dios avino esto, commo yo so creido.
207. Serie pora tal casa omne bien aguisado,
Es de recabdo bono, demás bien avisado,
Es en quanto veemos del Criador amado,
Vernie el monesterio por él a su estado.
208. Rey, dixieron, as nos en han logar fablado,
Tenemostelo todos a merçed, e a grado,
Entendemos que dices conseio avisado,
Otorgamoslo todos, si tu eres pagado.
209. Trataron con el bispo todo este consejo,
Tovolo el obispo por muy bueno sobeio,
Non contradixo omne, nin grant, nin poquilleio,
Nin fó pesante dello, nin villa, nin conçeio.
210. Los monges de lá casa quando lo entendieron,
Nunqua tamanno gozo un dia non ovieron,
Fueron a la eglesia a Dios graçias rendieron,
El Te Deum laudamus de buen cuer lo dixieron.
211. Confirmólo el bispo, diol ministramiento,
Desende bendixolo, fizol su sagramiento,
Dióle silla, e croza, todo su complimiento,
Fizol obediençia de grado el conviento.

212. Quando fué acabado todo el ministerio,
El abbat beneito vino al monesterio:
Solo que de los piedes premió el çiminterio,
Oblidaron los monges el passado laçerio.
213. El rey don Fernando, de Dios sea amado,
Commo lo fuera siempre, fó muy bien ensennado,
Non lo embió solo, mas bien acompannado,
Ca embió con elli mucho omne onrrado.
214. Embió bonos omnes, e altas podestades,
Clerigos, calonges, e benitos abbades,
Mançebillos, e vicios, de diversas edades:
Bendicho sea rey que faz tales bondades!
215. Fó en la abadia el varon assentado,
Con la façienda pobre era fuert embargado,
Mas cambiólo ayna Dios en meior estado,
Fó en bona folgura el lazerio tornado.
216. Fó luego a las primas la orden reformada,
La que por mal pecado yá era desatada:
Coió de companneros companna mesurada,
Los que vedie que eran de manna pesada.
217. Las noches, e los dias lazraba el varon,
Los dias porcaszando, las noches en oraçion:
Conformaba sus frayres, tenieles bien lecçion,
A grandes, y a chicos daba egual raçion.
218. Los monges eran bonos, amaban su pastor,
Metió Dios entrellos concordia e amor.
Non avie y entrada el mal revolvedor,
Qui Adan, e ad Eva volvió con su sennor.
219. El rey don Fernando sea en paradiso,
Ya vedie de la casa quel veder quiso:
Vedie que su maiuelo, naturalmente príso,
Non se tenie, Deo graçias, dest fecho por repiso.
220. El rey e los pueblos dabanles adiutorio.
Unos en la eglesia, otros en refictorio.
Otros en vestuario, otros en dormitorio,
Otros en ofiçiero, otros en responsorio.
221. Vedie su monesterio todo bien recabdado,
Eglesia bien servida, conviento bien ordenado,
Abbat de sancta vida, de bondat acabado,
Diçie entre si mismo, Dios tu serás laudado.

222. Non vos querria mucho en esto detener,
Querria adelante aguiar e mover ,
Empenzar enna obra, dándome Dios poder,
Ca otras cosas muchas avemos de veer.
223. Oido lo avedes, si bien os acordades,
Este abbat Benito, lumne de los abbades,
Quantas sofrió de coytas, e de adversidades,
Por ond a pasar ovo de orto ya las rades.
224. Porque fó siempre casto, de buena paçiençia,
Humilloso, e manso, amó obediençia,
En dicho, e en fecho se guardó de falençia,
Avie Dios contra elle sobra de grant bienquerençia.
225. El Rey de los reyes, por qui tanto sofrie,
Bien gelo condesaba quanto elli façie,
Por darle bon confuerto de lo que mereçie,
Quisole demostrar qual galardon avrie.
226. El confesor glorioso, un cuerpo tan lazrado,
Durmíese en su lecho, ca era muy cansado,
Una vision vido, por ond fué confortado,
Del laçerio futuro, siquier del passado.
227. Assi commo leemos, los que lo escribieron,
De la su boca misma del misme lo oyeron,
Sabemos que en ello toda verdat dixieron,
Nin un vierbo menguaron, nin otro ennadieron.
228. Apartó de sus monges los mas familiares,
Los que tenien en casa los mayores logares:
Amigos, dixo, ruegovos com a buenos reglares,
Lo que deçir vos quiero, que non lo retrayades.
229. Vediame en suennos en un fiero logar,
Oriella de un flumen tan fiero commo mar,
Quiquiere avrie miedo por a el se plegar,
Ca era pavoroso, e bravo de passar.
230. Ixien delli dos rios, dos aguas bien cabdales,
Rios eran muy fondos, non pocos regaiales,
Blanco era el uno commo piedras de cristales,
El otro plus vermeio, que vino de parrales.
231. Vedia una puente enna madre primera,
Avie palmo e medio, ca mas ancha non era,
De vidrio era toda, non de otra madera,
Era por non mentirvos, pavorosa carrera.

232. Con almátigas blancas de finos ojolatones,
En cabo de la puent estaban dos varones,
Los pechos ofresados, mangas, e cabezones,
Non dizrien el adobo, loquele, nec sermones.
233. La una destas ambas tan onrradas personas
Tenia enna su mano dos preçiosas coronas
De oro bien obradas, omne non vío tan bonas,
Nin un omne a otro non dió tan ricas donas.
234. El otro tenie una seis tantos mas fermosa,
Que tenie en su çerco mucha piedra preçiosa,
Mas luçie que el sol, tant era de lumnosa,
Nunqua omne de carne vío tan bella cosa.
235. Clamóme el primero, que tenie las dobladas,
Que passasse a ellos, entrasse por las gradas:
Dixeli yo, que eran aviessas las passadas:
Dixo él, que sin dubda entrasse a osadas.
236. Metime por la puente, maguer estrecha era,
Passé tan sin embargo commo por grant carrera:
Reçibieronme ellos de fermosa manera,
Veniendo contra mi por media la carrera.
237. Fraire, plaznos contigo, dixo el blanqueado,
Tú seas bien venido, e de nos bien trovado:
Veniemos por deçirte un sabroso recado,
Quando te lo dixieremos terraste por pagado.
238. Estas que tú vedes coronas tan onrradas,
Nuestro Sennor las tiene pora ti condesadas,
Cata que non las pierdas quando las has ganadas.
Ca quiere el diablo avertelas furtadas.
239. Dixeles yo: sennores, por Dios que me oyaqes,
Porque viene aquesto, que vos me lo digades:
Yo non so de tal vida, nin fiz tales bondades,
La razon de la cosa vos me la descubrades.
240. Bona razon demandas, dixo el mensagero.
La una porque fustes casto, e buen claustrero.
En la obediençia non fuste refertero,
A esso te darémos responso bien çertero.
241. La otra te ganó mienna Sancta Maria,
Porque la su eglesia consagró la tu guia,
En el su monesterio feçist grant meioria.
Es mucho tu pagada, ende te la embia.

242. Esta otra terçera de tanta façienda,
Por este monesterio, que es en tu comienda,
Que andaba en yerro commo bestia sin rienda,
Has tu sacado ende pobreza, e contienda.
243. Si tu perseverares en las mannas usadas,
Tuyas son las coronas, ten que las as ganadas,
Abran por ti repaire muchas gentes lazradas,
Que vernán sin conseio, irán aconseiadas.
244. Luego que me ovieron esta razon contada,
Tollieronseme doios, non pódi veer nada:
Desperté, e signeme con mi mano alzada,
Tenia Dios lo sabe, la voluntad cambiada.
245. Pensemos de las almas, fraires e companneros:
A Dios, e a los omnes seamos verdaderos:
Si fueremos a Dios leales, e derecheros,
Ganarémos coronas, que val mas que dineros.
246. Por este sieglo pobre, que poco durará,
Non perdamos el otro, que nunqua finará:
Mezquindad por riqueza quí non la cambiará?
Quí buscar la quisiere rehez la trobará.
247. Demás bien vos lo ruego, pido vos lo en dón,
Que yaga en secreto esta mi confession,
Non sea descubierta fata otra sazon,
Fata que salga mi alma desta carnal prision.
248. Sennor Sancto Domingo lumne de las Espannas.
Otras vío sin estas visiones estrannas.
Mas non se las oyeron fraires de sus compannas,
Ca çeladas las tovo dentro en sus entrannas.
249. Por estas visiones que Dios le demostraba,
Ninguna vanagloria en él non encargaba.
Por servir a don Christo mas se escalentaba,
A otras vanidades cabeza non tornaba.
250. Assaz queria la carne, el diablo con ella.
Tollerlo del buen siesto, meterlo a la pella:
No lo pudieron fer, ond avien grant qllerella,
Porque del sol tan çerca sede esta estrella.
251. Del ruego que dixiera a los sus companneros,
Que non lo descubriessen, foronle derecheros,
Foron mientre el vísco bonos poridaderos,
Non querien del su padre exir por mestureros.

252. Sennor Sancto Domingo, confesor tan onrrado,
Debe a San Martino seer apareiado,
Que vío a don Christo del manto abrigado,
El que dado ovo al mesquino lazrado.
253. El confessor glorioso digno de adorar,
En todas las maneras lo quiso Dios onrrar,
En todos los ofiçios lo quiso eredar,
Por en el paraíso mayor gloria le dar.
254. Enna sazon primera fó pastor de ganado,
Un ofiçio que era essi tiempo usado:
Desend apríso letras, fó preste ordenado,
Maestro de las almas, discreto, e temprado.
255. Despues fó ermitanno en que fó muy lazrado,
Viviendo por los yermos del pueblo apartado,
Vediendo malos gestos, mucho mal encontrado,
Do sufrió mas martirio, que algun martirizado.
256. Desend entró en orden, fizo obediençia,
Puso todo su pleito en agena potençia,
Probó commo tan bueno fó de tal paçiençia,
Commo si lo oviesse priso en penitençia.
257. Aun de la mongia subió en mayor grado,
El abbat de la casa dióle el priorado,
Todo vos lo avemos dicho, e renunzado,
El qual fuego se vío commo fué socarrado.
258. En cabo el bon omne pleno de santidat,
Porque fosse complido de toda dignidat,
Quisolo Dios que fuesse electo en abbat,
El elector en ello non erró de verdat.
259. Sin todas estas onrras que avie reçebidas,
Dióli Dios otras graçias onrradas, e complidas,
De veer visiones, personas revestidas,
Oir tales promessas, quales vos e leidas.
260. Aun sín esta toda tan luenga ledania,
Dieronle otro preçio Dios, e Sancta Maria,
Pusieron en su lengua virtut de propheçia,
Ca prophetizó sin dubda esto por connoçia,
261. Por amor que creades que vos digo verdat,
Quiero vos dar a esto una auctoridat,
Commo fo él propheta, fabló çertanedat,
Pór ond fó afirmada la su grant sanctidat.

262. San Viçent avie nombre un martir ançiano,
Sabina, e Cristeta de ambas fo ermano,
Todos por Dios murieron de violenta mano,
Todos yaçien en Avila, non vos miento un grano.
263. El rey don Fernando siempre amó bondat,
Et metíe en complirlo toda su voluntat,
Asmó de traslaudarlos a meior sanctidat,
Et metélos en tumbas de meior onestat.
264. Asmó un buen conseio essa fardida lanza,
Traerlos a San Pedro, que diçen de Arlanza:
Con esse buen conviento avrien meior fincanza.
Serien meior servidos sin ninguna dubdanza.
265. Contra tierras de Lara faza una contrada,
En rio de Arlanza en una renconada,
Yaçie un monesterio, una casa onrrada,
San Pedro de Arlanza es por nombre clamada.
266. Avia y un abbat sancto, servo del Criador,
Don Garçia por nombre, de bondat amador,
Era del monesterio cabdiello, e sennor,
La grey demostraba qual era el pastor.
267. En vision le vino de fer un ministerio
Aquellos sanctos martires, cuerpos de tan grant preçio
Que los dessoterrasse del vieio çiminterio;
Et que los aduxiesse poral su monesterio.
268. Fabló con el rey al que Dios de bon poso,
Al que diçien Fernando, un príncep muy preçioso,
Tovolo por buen seso, e por fecho fermoso,
Non fó para complirlo el abbat perezoso.
269. Convidó los obispos, e los provinçiales,
Abbades, e priores, otros monges claustrales,
Diaconos, e prestes, otras personas tales,
De los del sennorio todos los mayorales.
270. Foron y caballeros, e grandes infanzones,
De los pueblos menudos mugieres, e varones,
De diversas maneras eran las proçessiones,
Unos cantaban laudes, otros diçien cançiones.
271. Aduxieron el cuerpo de sennor San Vicent,
Et de las sus ermanas onrrado bien, e gent,
Todos cantando laudes al Dios omnipotent,
Que sobre peccadores a siempre cosiment.

272. Travéssaron el Duero, essa agua cabdal,
A bueltas Duraton, Esgueva otro tal,
Plegaron a Arlanza açerca del ostal,
Non entrarien las gentes en sibelque corral.
273. Sennor Sancto Domingo el natural de Cannas,
Que nasçió en bon punto, pleno de bonas mannas,
y vinie cabdellando essas bonas campannas,
Façiendo captenençias, que non avrien calannas.
274. Condesaron los cuerpos otro día mannana,
Vinçençio, e Sabina, e Cristeta su ermana,
Metieronlos en tumba firme, e adiana,
Façia grant alegría essa gent castellana.
275. En essa traslation destos tres ermanos
Fueron muchos enfermos de los dolores sanos,
Los unos de los piedes, los otros de las manos,
Ond rendien a Dios graçias, christianas e christianos.
276. Abbades, e obispos, e calonges reglares
Levaron end reliquias todos a sus logares,
Mas el abat de Silos, e sus familiares
Solo non las osaron tanner de los polgares.
277. Veno a su monesterio el bon abbat beneito,
Fó de sus companneros mucho bien reçebido,
Dixo el benediçite en voz muy sabrido,
Dixieron ellos, Dominus, en son bono complido.
278. Dixoles al conviento, por Dios que me oyades,
Saludarvos embian obispos, e abbades:
A rogarvos embian, por Dios que lo fagades,
En vuestras oraçiones que vos lo reçibades.
279. Sennor dixieron ellos, quando a ti cobramos,
A Dios rendemos graçias, mas alegres estamos,
Esso al que nos diçes todo lo otorgamos,
Maspor una cosiella murmurantes estamos.
280. De las sanctas reliquias, que a cuestas traxiestes,
A quantos las pidieron, dellas a todos diestes,
A nuestro monesterio dellas non aduxiestes
Tenemos que en esto negligençia fiçiestes.
281. Fabló contra est dicho la boca verdadera,
Recudió buena-mientre, dió repuesta çertera,
Amigos, diz, por esto non ayades dentera,
Dios vos dará conseio por alguna manera.

282. Si vos a Dios leales quisieredes seer ,
Et los sus mandamientos quisieredes tener,
El vos dará reliquias, que veredes plaçer,
Yo sé que non podredes en esto falleçer.
283. Si non vos lo tollieren nuestros graves pecados.
Cuerpo sancto avredes, que seredes pagados,
Seredes de reliquias ricos, e abondados,
De algunos veçinos seredes embidiados.
284. Sennor Sancto Domingo, que esto les diçie,
Prophetaba la cosa, que avenir avie,
Maguer lo prophetaha, él non lo entendie,
Que esta propheçia en él mismo caye.
285. Algunos de los monges, que esto le oyen,
Esta adevinanza por nada la tenien:
Los otros mas maduros, que mas seso avien,
Tenien que estos dichos balleros non serien.
286. Demientre que él vísco todo lo propusieron,
Mas de que fué passado los miraglos vidieron,
Membróles deste dicho, estonz lo entendieron.
Et las adevinanzas verdaderas ixieron.
287. En esto lo debemos, sennores, entender ,
Que lo que ante dixiemos podedes lo creer,
Que fué vero propheta, dióle Dios grant poder
Et grant espiramiento en deçir, e en fer .
288. Sennores, Deo graçias, contado vos avemos,
De la sancta vida lo que saber podemos,
Desaqui ayudandonos el Dios en qui creemos,
Este libro finamos, en otro contendremos.

LIBRO SEGUNDO

289. Queremosvos un otro libro comenzar,
Et de los sus miraglos algunos renunzar,
Los que Dios en su vida quiso por él mostrar ,
Cuyos ioglares somos, el nos denne guiar .
290. Una mugier de Castro, el que diçen Çisneros,
Maria avie nombre de los dias primeros,
Vistió sus buenos pannos, aguisó sus dineros,
Exo pora mercado con otros companneros.
291. Alegre e bien sana metióse en carrera:
Non lo sé bien si iba de pié, o caballera,
Enfermó a sos oras de tan fiera manera,
Que se fizo tan dura commo una madera.
292. Perdió ambos los piedes, non se podie mover.
Los dedos de las manos non los podie tener ,
Los oios tan turbados, que non podie veer,
Ningunos de los miembros non avien su poder .
293. Avie de su stado demudado la boca,
Fablaba de la lengua mucha palabra loca,
Nin su madre, nin padre non sabien de su toca,
Avien los companneros grant rencura, non poca
294. Commo avie los oios feos, la boca tuerta,
Quelquiere de los brazos tal commo verga tuerta,
Non podrie del fogar exir fata la puerta,
Todos sus bien querientes querrianla veer muerta,
295. Avien cueita e duelo todos sus connosçientes,
Non sabian quel fiçiessen amigos, nin parientes,
Metió en una casa una qualque fo mientes,
Que non guarrie la duenna por emplastos calientes.
296. Asmó que la levassen al sancto confessor,
Al natural de Cannas, de Silos morador,
Elle quando la viesse avrie della dolor,
Ganariale salut de Dios nuestro sennor.
297. Semeióles a todos, que buen conseio era,
Prisieronla en ombros, entran en la carrera,
Oras tornaba verde, oras tal commo çera,
Ca eran los dolores non de una manera.
298. Levaron a Silos la enferma lazrada,
Fó delante la puerta del confessor echada,

Non semeia viva, mas que era passada,
Era de la su vida la gent desfiuzada.
299. El confessor preçioso de los fechos cabdales,
Ligero, e alegre por en cosas atales,
Ixió luego a ellos fuera de los corrales,
Mandóles que entrassen dentro a los ostales.
300. Mandó a los ostaleros de los omnes pensar,
Comieron queque era çena ó almorzar:
Entró él a la eglesia al Criador rogar,
Pora la paralitica salut le acabdar.
301. Cató al Cruçifixo, dixo: ay sennor!
Que de çielo e tierra eres emperador,
Que a Adám caseste con Eva su uxor,
A esta huena femna quitala dest dolor.
302. Deque a esta casa viva es allegada,
Sennor merçet te clamo, que torne meiorada,
Que esta su companna, que anda tan lazrada,
Al torno deste embargo sea desembargada.
303. Estos sus companneros que andan tan lazrados,
Que sieden desmarridos, dolientes, e cansados
Entiendan la tu graçia ond sean confortados,
Et lauden el tu nombre alegres e pagados.
304. Por confortar los omnes el anviso varon,
Abrevió, non quiso fer luenga oraçion:
Exió luego a ellos, dióles la refection.
Dióles pronunçiamiento de gran consolaçion.
305. Amigos, diz, roguemos todos de corazon,
A Dios por esta duenna, que yaz en tal prision,
Que le torne su seso, dele su vision,
Que pierda esta cueta, finque sin lesion.
306. El clamor fo devoto a todo su poder,
Fo de Dios exaudido, ovo dello plaçer,
Abrió ella los oios, e pidió a beber,
Plegó mucho a todos mas que con grant aver.
307. Mandó el sancto padre que trasquiessen del vino,
Mandó que calentassen dello en un catino,
Bendixolo él mismo, puesto en un copino,
Diogelo a beber en el nomne divino.
308. Assi commo lo ovo de la boca passado,
La duenna fó guarida, el dolor amansado,

Salló fuera del lecho, confessóse privado,
Diçiendo, tan buen dia, Dios, tu seas laudado.
309. Caíoli a los pies al confessor onrrado:
Sennor, dixo, e padre, en buen punt fust nado,
Entiendo bien que eres del Criador amado,
Ca de los tus serviçios mucho es él pagado.
310. Entiendo, e connosco, que por ti so guarida,
Por ti cobré los miembros, el seso, e la vida,
Esta merçed de Dios te sea gradeçida,
Ca sé que por tu graçia so del lecho exida.
311. Recudió el buen padre, quisola castigar ,
Amiga, diz, non fablas commo devies fablar ,
A Dios sennero debes bendeçir e laudar,
Porque de tan grant cueta te dennó delibrar.
312. La su virtut preçiosa, que te dennó guarir ,
A essa sola debes laudar, e bendeçir,
Tu contra mi tal cosa non la debes deçir ,
Nin quiero que la digas, nin la quiero odir .
313. Fija, vé benedicta, torna a tu logar ,
Exist pora mercado, tiempo as de tornar;
Mas en quanto pudieres guardate de pecar ,
Debe éste maiamiento por siempre te membrar.
314. Fincó el padre sancto, entró en su mongía,
Al Criador sirviendo, e a Sancta Maria;
Bien sana, e alegre fo la duenna su via,
La veçindat con ella ovo grant alegria.
315. Sennores, sim quisieredes un poquiello sofrir
Non querria con esto de vos me espedir,
Un miraglo otro vos querría deçir,
Por amor del buen padre debedeslo odir.
316. Una mançeba era, que avie nomne Oria,
Ninna era de dias, commo diz la ystoria,
Façer a Dios serviçios essa era su gloria,
En nulla otra cosa non tenie su memoria.
317. Era esta mançeba de Dios enamorada,
Por otras vanidades non daba ella nada:
Ninna era de dias, de seso acabada,
Mas querrie seer çiega, que verse casada.
318. Querie oir las oras, mas que otros cantares,
Lo que diçien los clerigos, mas que otros ioglares,

Iazrie, si la dixassen, çerca de los altares,
O andarie descalza por los santos logares.
319. De la soror de Lazaro era much embidiosa,
Que sedie a loS pies de Christo espeçiosa.
Udiendo que diçie la su boca preçiosa,
Ond Marta su hermana andaba querellosa.
320. Quando vio la ninna la sazon aguisada,
Desamparó la casa en que fuera criada,
Fó al confessor sancto romuerela lazrada,
Cayóle a los pies luego que fué legada.
321. Sennor, dixo, e padre, yo a ti so venida,
Quiero con tu conseio prender forma de vida,
De la vida del sieglo vengo bien espedida,
Si mas a ella torno, tengome por perdida.
322. Sennor DioS lo quiere, tal es mi voluntat,
Prender orden, e velo, vevir en castidat,
En rencon çerrada yazer en pobredat,
Vevir de lo que diere por Dios la christiandat.
323. Dixo el padre sancto: amiga, Dios lo quiera.
Que puedas mántenerla essa vida tan fiera,
Si bien non lo complieres, mucho mas te valiera
Vevir en atal ley commo tu madre toviera.
324. Padre, dixo la ninna, en merçed te lo pido,
Esto que te demando luego sea complido,
Por Dios que non lo tardes, padre de buen sentido,
Non quieras este pleito que caya en oblido.
325. Entendió el confessor que era aspirada,
Fizo con su mano soror toca negrada,
Fo end a pocos días fecha emparedada,
Ovo grant alegría quando fo encerrada.
326. Ixo de bona vida, e de grant abstinençia,
Humilt, e verdadera, de bona paçiençia,
Orador, e alegre, de limpia continençia,
En fer a Dios serviçio metie toda femençia.
327. El mortal enemigo pleno de travesura,
Que suso en los çielos buscó mala ventura,
Por espantar la duenna, que oviesse pavura,
Façieli malos gestos, mucha mala figura.
328. Prendie forma de sierpe el traydor provado,
Poniesele delante, el pescuezo alzado,

Oras se façie chico, oras grant desguisado,
A las veçes bien gruesso, a las veçes delgado.
329. Guerreabala mucho aquel que Dios maldiga,
Por espantar a ella façie much nemiga:
La beneita ninna, del Criador amiga,
Vivie en grant laçerio, qui quier que al vos diga.
330. En essa misma forma, cosa es verdadera,
Acometió a Eva de Adam compannera,
Quando mordieron ambos la devedada pera:
Sentimosla los mortos aún essa dentera!
331. La reclusa con cueta non sopo al que fer,
Embió al buen padre fergelo entender,
Entendiólo él luego lo que podie seer,
Metióse en carrera, vinola a veer.
332. Quando plegó a ella fizola confessar,
del agua beneita echó por el casar ,
Cantó él mismo missa, mandóla comulgar ,
Fúxo el vezin malo a todo su pesar.
333. Tornó a su eglesia el sancto confessor,
Fincó en paz la duenna, sierva del Criador,
Fué mal escarmentado el draco traydor,
Depues nunqua parésco en essi derredor.
334. Oymos esto mismo de sennor San Millan,
Que fizo tal miraclo, yo lo leí de plan,
De casa de Onorio segudó un satan,
Que façie contiençias mas suzias que un can.
335. Un otro bel miraclo vos quiero deçir,
Que fizo este confessor, sabroso de oír,
Maguer vos enogedes, devedes vos sofrir,
Vos dizredes que era bueno de escrebir.
336. En comarca de Silos, el logar non sabemos,
Avie un omne çiego, delli vos fablaremos,
De qual guisa çegara, esto non lo leemos,
Lo que non es escripto non lo afirmarémos.
337. Iohan avie nomne, si saberlo queredes,
Vivie en grant tristiçia, qual entender podedes;
Avie sin esta coyta, que oído avedes,
Tan mal a las oreias, que mordí las paredes.
338. Si era de linnage, o era labrador,
Non lo diz la leyenda, non so yo sabidor:

Mas dixemoslo esso, digamos el meior,
Lo que caye en preçio del sancto confessor.
339. Fizose aduzir este çiego lazrado
A la casa del monge de suso ementado,
Ca creíe bien a firmes estaba fiuzado,
Que serie desta coyta por elli terminado.
340. Quando fué a la puerta de San Sebastian,
Non quiso el mezquino pedir vino, nin pan;,
Mas diçie: ay padre! por sennor San Millan,
Que te prenda cordoio de este mi afan.
341. Padre, allá do yaçes, yo a ti vin buscar,
O exi tu, o manda a mi allá tornar:
Sennor yo non podria partirme dest logar,
Fata que tu me mandes seer o tornar .
342. Padre de los lazrados, denname visitar,
Pon sobre mi tu mano, signame del polgar,
Solo que yo pudiesse la tu mano besar,
De toda esta coyta cuidaria sanar.
343. El padre beneito bien entró do estaba,
Oyó los apellidos que este çiego daba,
Exo, e preguntóle, quál cosa demandaba?
Dixo él, que lumne, ca al non cobdiçiaba.
344. Sennor Sancto Domingo, por en tal es liviano,
Guiólo él misme, prísolo por la mano,
Metiólo a la casa el perfecto christiano,
Dieronle lo que daban a los otros cutiano.
345. Oró toda la noche el sancto confessor
Al Rey de los çielos, cabdal emperador,
Que le diesse su lumen a este mesellador ,
Et de las sus oreias tolliesse la dolor.
346. Entró enna mannana a la missa de~ir,
Vinola de buen grado el ~iego a oir,
Non sabie el mezquino otra cosa pedir ,
Fueras que le dennase Dios los o ios abrir .
347. Quando ovo el debdo de la missa complido,
El abbat con sus frayres, conviento bien nodrido
Mandó venir el çiego, luego fué él venido,
Cayóli a los piedes en tierra abatido.
348. Echol con el ysopo del agua salada,
Consignoli los oios con la cruz consagrada,

La dolor e la coyta fué luego amansada,
La lumne que perdiera fué toda recombrada.
349. Entenderlo pudiestes amigos e sennores,
Que avie muchos males de diversos colores,
Unos de gravedat, al de graves dolores,
Mas de todo bien sano rendie a Dios lodores.
350. Dixo el padre sancto: amigo, vé tu via,
Gradeçelo a Dios, que vás con meioria.
Curiate que non peques, e non fagas follia,
Ca será por tu tidio faces recadia.
351. Muchos son los miraglos que dest padre sabemos
Los unos que oimos, los otros que leemos,
En dubda nos paramos en qual empezaremos
Mas a qual parte que sea a devinar avremos.
352. Desta sazon los otros quierolos fer esquivos,
Deçir uno, e miembrevos mientre fueredes vivos,
Commo ganó la graçia que sa,ca los cativos,
Por end de luengas tierras le embian bodigos
353. Eran en essi tiempo los moros muy veçinos.
Non ossaban los omnes andar por los caminos
Daban las cosas malas salto a los matinos,
Levaban crua-mientre en soga los mezquinos.
354. Dieron por aventura salto una 'vegada,
Allinnaron a Soto essa gent renegada,
Prisieron un mançebo en essa cavalgada,
Domingo avie nomne, non fallesco en nada.
355. Metieronlo en fierros, en dura cadena,
De lazrar, e famne dabanle fiera pena,
Dabanle yantar mala, e non buena la cena
Combrie, si gelo diessen, de grado pan davena.
356. Aquel es bien mezquino que caye en tal mano:
En cosiment de canes quando iaz el christiano.
En dicho, e en fecho afontanlo cutiano.
Anda mal en yvierno, non meior en verano.
357. Parientes del cativo avien muy grant pesar ,
Ovieron por çient çientos sueldos a pleitear .
Mas non avien conseio que pudiessen pagar,
Ca non podien por nada los dineros ganar.
358. De toda la ganançia, con toda su mission.
Apenas aplegaron la media redemption,

Estaban en de sarro e en comedition,
Tenien que afincar avrie en la prision.
359. Asmaron un conseio, de Dios fó embiado,
Que fuessen a pedir al confessor onrrado:
Omne que le pidiesse nunqua fó repovado,
Si él non les valiesse, todo era librado.
360. Quales que foron de los primos, o ermanos,
Fueron al padre sancto por besarlas sus manos.
Dixieron: ay padre de enfermos, e sanos,
Udi nuestra rencura, algun conseio danos.
361. Es un nuestro pariente de moros cativado.
Enna prission yaçiendo es fiera-mente lazrado,
A vemos con los moros el preçio destaiado,
Mas non cumple lo nuestro, nin lo que nos an dado.
362. Sennor, alguna aiuda te venimos pedir,
Ya por nuestra ventura non sabemos do ir,
Tu sabes en que caye cativos redemir,
Dios commo lo gradeçe al que lo puede complir.
363. El padre piadoso empezó de plorar:
Amigos, diz, daria si toviese que dar,
Non podria en cosa meior lo emplear
Lo que meter pudiese en cativos sacar .
364. Non avemos dinero, nin oro, nin argent,
Un caballo tenemoS en casa solament,
Nos essi vos daremos de grado en present,
Cumpla lo que falliere el Rey omnipotent.
365. Levad agora esso, lo que darvos podemos
Mientre esso guiades, por al vos cataremos,
Lo que catar pudieremos embiarvoslo emos,
Commo en Dios fiamos, el preso cobraremos.
366. Fueron ellos su via su cosa a guisar,
Por vender el caballo, en aver lo tornar:
El padre cordoioso entró a su altar,
Commo era usado al Criador rogar.
367. La noche escorrida, luego a los alvores
Cantó la sancta missa elli con los sennores,
Tovieron por el preso oraçion e clamores
Que Dios lo delibrasse de tales guardadores.
368. La oraçion del padre de la grant sanctidat,
Levóla a los çielos la sancta caridat,

Plegó a las oreias del Rey de Magestat,
Escapó el cativo de la captividat.
369. Abrieronse los fierros en que yaçie travado,
El corral nol retovo, que era bien çerrado:
Tornó a sus parientes de los fierros cargado,
Façiase él mismo dello maravillado.
370. Lo que les prometiera el padre verdadero,
Tardar non gelo quiso por al dia terçero:
Desembargó al moro que era carçelero,
De guisa que non ovo delli un mal dinero.
371. Sopieron del cativo qual ora escapó,
Vidieron que fo essa que la missa cantó,
Entendien que el padre sancto lo basteçió:
Esta fo la ayuda que les él prometió.
372. Las compannas del preso, amigos e parientes,
Et a vueltas con ellos todas las otras gentes,
Todos por ond estaban metien en esto mientes,
Que façie este confessor miraclos valientes.
373. Sennor Sancto Domingo, complido de bondat,
Porque fó tan devoto e de tal caridat,
Por sacar el cativo de la captividat,
Dioli Dios bona graçia commo por eredat.
374. Dieronle alta graçia estos mereçimientos,
Que faz ennos moros grandes escarnimientos,
Quebrantales las carçeles, tornalos sonnolentos
Sacales los cativos a los fadanialientos.
375. Dest confessor tan sancto, de tan alta façienda,
Que fizo mas de bienes, que non diz la leyenda,
El nos guarde las almas, los cuerpos nos defienda,
Commo en paz vivamos, escusemos contienda.
376. Fizo otra vegada una grant cortesia,
Si oir me quisiessedes bien vos la contaria:
Assi commo yo creyo, poco vos deterria,
Non combredes por ello vuestra yantar mas fria.
377. Avie un uerto bueno el baron acabado,
Era de buenos puerros el uerto bien poblado
Ladrones de la tierra movieles el pecado,
Vinieron a furtarlos, el pueblo aquedado.
378. En toda la noche, fasta que vino el dia,
Cavaron en la uerta de la sancta mongía,

Mas rancar non pudieron puerro nin chirivia.
Fuera que barbecharon lo que yaçie eria.
379. El sennor grant mannana demandó los claveros,
Fraires, dixo, sepades que avemos obreros,
Cavado an el uerto, desto sect çerteros,
Aguisad commo coman, e lieven sus dineros.
380. Fo a ellos al uerto el sancto confessor:
Amigos, diz, avedes fecha bona lavor,
Tengavoslo en grado Dios el nuestro sennor ,
Venid, e yantaredes al nuestro refitor.
381. Ovieron gran verguenza en esto los peones,
Cayeronle a piedes, echaron los legones,
Merçet, sennor, dixieron, por Dios que nos perdones.
Yaçemos en grant culpa por muchas de razones.
382. Dixo el padre sancto: amigos non dubdedes,
Aun esta vegada buen perdon ganaredes,
Deste vuestro laçerio vuestro loguer avredes;
Mas tales trasnochadas mucho non las usedes.
383. Fartaronlos, e fueronse allá ond vinieron,
Nunqua lo olvidaron el miedo que ovieron,
Teniendo por fazanna quantos que lo oyeron,
Omne de tal mesura diçien que non vidieron.
384. Todos los sus miraclos qui los podie contar?
Non les dariemos cabo, nin avriemos vagar,
Ennos que son contados lo podedes asmar,
De qual merito era el varon de prestar.
385. Si de oir miraclos avedes grant sabor,
Corred al monesterio del sancto confessor,
Por oio los veredes, saberos an meior,
Ca cutiano los façe, graçias al Criador.
386. Hi fallaredes muchos, que son end sabidores
Siquiere de mançebos, siquiere de mayores,
Deçirvos an mil pares de tales, e meiores,
Qui sacarlos quissiese busque escrividores.
387. Aun non me semeia con esto me alza ,
Unos pocos miraclos quiero aun contar:
Non quiero por tan poco las graçias menoscabar,
Non me quiero en cabo del rio enfogar.
388. Un conde de Galliçia, que fuera valiado,
Pelayo avie nombre, omrfe fo desforzado,

Perdió la vision,andaba embargado,
ca omne que non vede, non debie seer nado.
389. Yendo de sancto en sancto façiendo romerias,
Contendiendo con menges, comprando las mengias,
Avie mucho espesso en vanas maestrías,
Tanto que serie pobre ante de pocos dias.
390. Entendió dest confessor, que era tan complido.
Que era en sus cosas de Dios tanto querido,
Pero ovolo elli bien ante conosçido;
Credie bien que por elli podrie seer guarido.
391. Aguisó su façienda, quanto pudo mejor,
Fizose a la casa traer del confessor,
Empezó a rogarlo a una grant dulzor,
Que quisiesse por elli rogar al Criador.
392. Si por elli rogasse credie bien firme-mient,
Que le darie consejo el Rey omnipotent,
Empezó a plorar tan aturadament,
Que façie de grant duelo plorar toda la gent.
393. Ovo duelo del conde el confessor onrrado,
Que vedie tan grant princep seer tan aterrado:
Tornó a su estudio, que avie costumnado,
Rogar a Ihesu Christo, que por nos fué aspado,
394. Quando ovo orado, la oraçion finada,
Mandó traer el agua de la su fuent onrrada,
Bendixola él mismo con su mano sagrada,
En cascun de los oios echó una punnada.
395. La virtut de los çielos fué y venida,
Cobró la luz el conde la que avie perdida,
Fo luego de la cara la tiniebra tollida,
Non la ovo tan bona en toda la su vida.
396. Ufrió buena ofrenda, buen present, e granado,
Rendiendo a Dios graçias, e al sancto perlado,
Commo qui su negocio a tan bien recabdado,
Pagado e alegre tomó a su condado.
397. Fizo otro miraclo esse claro varon,
En que trabaió mucho por muy grant sazon,
Façiendo gran ieiunio, cutiana oration,
Sufriendo en su cuerpo muy grant afliction.
398. Era un omne bono, de Gomiel natural,
Garçi Munnoz por nombre, avie un fiero mal,

Prendielo a las veçes una gota mortal,
Omne que essa vio, non vido su egual.
399. Solielo esta gota tomar al corazon,
Tolliele la memoria, fabla, e vision,
Non avie nul acuerdo, nin entendie razon,
Vivien todos por elli en grant tribulation.
400. La gota maleyta de guisa lo prendie,
Que de todos los sesos ninguno non sentie:
Lo que peor les era unos gestos façie,
Que tenien muchos omnes, que demonio avie.
401. Era la cosa mala, de tan mala natura,
Que le façie torvar toda la catadura,
Façie el omne bono tanta desapostura,
Que todos sus amigos vivien en grant ardura.
402. Eran de su salut todos desfiuzados,
Tanto vedien en elli signos desaguisados,
Si lo toviesen muerto non serien mas plagados
Que se tenien por ello todos por desonrrados
403. Oration, nin ieiunio non li valie nada,
Nin escantos, nin menges, nin çirio nin oblada
Por ninguna manera nol trovaban entrada,
Nunqua vidieron omnes cosa tan entecada.
404. El enfermo misme querrie seer mas muerto,
Ca a parte ninguna non trovaba confuerto,
Si non porque la alma prendie en ello tuerto
Por lo al mas quierrie colgar en un veluerto.
405. El cunfessor caboso pleno de caridat
Oyó deçir por nuevas desta enfermedat,
Ovo ende grand duelo, pesol de voluntat.
Diçie: ay Rey de la gloria, tu faz tu piadat.
406. Embiló su mensage. su carta sellada
A parientes del omne de la vida lazrada.
Quc gelo aduxiessen fata la su posada,
Podrie ser bien lieve sano a la tornada.
407. Parientes, e amigos, e misme don Garçia,
Con el mensage bono ovieron alegria,
Aguisaron su cosa por fer su romeria,
Por levar el enfermo a Silos la mongia.
408. Fueron al monesterio los romeros venidos,
Del padre benedicto fueron bien reçebidos,

Fueron bien ospedados, e foron bien servidos,
Asmaban que en cabo serien bien escorridos.
409. Tornó a su costumbre el sancto confessor,
Entró a la eglesia rogar al Criador,
Que tolliese dest omne este tan grant dolor,
Que non avie en elli nin sangre, nin color.
410. Era la malatia vieia, e porfiosa,
De guareçer muy mal, de natura rabiosa,
Non la podie el menge guarir por nulla cosa,
Diçie: valasme Christo, fijo de la gloriosa:
411. Diçie el omne bueno entre su voluntat:
Valasme Rey de gloria, que eres Trinidat,
So en fiero afruento con tal enferrnedat,
Si me non acorriere la tu grant piadat.
412. Mas maguer nos lazremos, commo en ti fiamos,
Tu merçed ganarémos de lo que te rogamos:
Sennor en ti yaz todo, assi lo otorgamos,
El fructu de la cosa en ti lo esperamos.
413. El padre cordoioso dióse a grant laçerio,
Velaba, e oraba, rezaba el salterio,
Avie ayudadores fraires del monesterio,
Todos eran devotos en este ministerio.
414. Prendie sobre sus carnes grandes aflictiones,
Conduchos descondidos, muy frias collationes,
Façiendo a menudo preçes e oraçiones,
Vertiendo muchas lagrimas ennas demás sazones,
415. Perseveró el padre sufriendo tales penas,
Sobre Garçi Munnoz tovo tales novenas:
Era tan descarnado en estas quarentenas,
Commo qui yaçe preso luenga-mient en cadenas.
416. Maguer era la gota contraria de sanar,
El confessor caboso ovola a sacar,
Ca non quiso el campo elli desamparar,
Fasta que non éxo ella a todo su pesar.
417. Don Garçia fo sano, gratias al Criador.
Fincó con su victoria el sancto confessor,
Todos tenien quera este miraclo mayor,
Et de todos los otros semeiaba sennor.
418. Los otros en un dia los embiaba sanos,
Que les daba los piedes, los oios, o las manos,

En este metió muchos con sus bonos christianos,
Que bien le ayudaban commo bonos ermanos.
419. Otro omne de Yecola coió un mal vezado,
Garçi Munnoz por nombre assi era clamado,
Era de sus veçinos traydor bien probado,
Tal que avie derecho de seer enforcado.
420. Furtabales las miesses al tiempo del segar,
Non les podrie el falso peor guerra buscar:
Si por su auze mala lo pudiessen tomar,
Por aver monedado non podrie escapar.
421. Desamparó la tierra, que temie mal prender,
Passó allen la sierra a agosto coger,
El su menester malo non lo quiso perder,
Prisieronlo segando, querienlo espender .
422. Vino Sancto Domingo do lo querien dannar,
Pidió que gelo diessen, ovolo a ganar,
Dixole que non fuesse pan ageno furtar,
Si non, que lo avrie durament a lazrar.
423. El loco malastrugo quando fó escapado,
Luego que fué traspuesto ovolo oblidado,
Tornó a su locura el malaventurado,
Ovo al sancto padre a seer mesturado.
424. Por amor que la cosa fosse meior probada,
Aduxieron la miesse que él avie segada,
Al padron de los SiloS fó delant echada,
Dixo él, esta cosa es muy desaguisada.
425. Entró a la eglesia al Criador rogar,
Echaron las gaviellas delante del altar,
Sennor, dixo, tu debes esta cosa iudgar ,
Tuya es la verguenza, piensala de vengar.
426. Abes podie seer la oration complida,
Fo la ira de Dios en el varon venida,
Ovo en un ratiello la memoria perdida,
Et la fuerza del cuerpo fué toda amortida.
427. Vino al padre sancto a merçed le clamar,
Que dennasse por elli al Criador rogar,
Si essa vez sanasse non irie a furtar,
Aunque iurarie de esto nón lo falsar .
428. El padre del bon tiento, e de bon conosçer,
Commo que fué, non quiso en esso se meter,

En otra allonganza non lo quiso tener,
Destaiogelo luego, que avie de seer.
429. Garçia, dixo, sepas, que yo esto temia,
Lo que te ovi dicho por esto lo diçia,
Que si nunqua tornasses en essa tal follia,
Cadrias en logar malo, e en grant malatia.
430. Iudiçio fo del çielo esta tu maiadura,
Que andabas façiendo muy grant desmesura,
Una vez te quitamos de fiera angostura,
Et tu de meiorarte non oviste ardura.
431. Todo es tu provecho, si tu lo entendiesses,
Dios por esso lo fizo, que pecar non pudiesses,
Tu non lo entendries, si esto non prisiesses,
Quand grant pecado era furtar agenas miesses.
432. Mas vale que enfermo a paraiso vayas,
Que sano e valient en el infierno cayas,
Conviene que lo sufras, maguer laçerio trayas,
Ca de tornar qual eras esperanza non ayas.
433. Sennor Santo Domingo, lumne de los perlados,
Avie en su eglesia moros herropeados,
Fuxieron una noche onde yaçien çerrados,
Por culpa de las guardas, que foron mal guardados.
434. Engannaron las guardas ca eran sabidores,
Andidieron de noche bien fasta los albores,
Grant mannana por miedo de algunos pastores,
Metieronse en una cueva los grandes traydores.
435. Cabienla pocos omnes, ca era aptetada,
Tenienla, commo creyo, bien ante baruntada,
Coidaban exir dende, la gente aquedada,
Que ribarien a salvo do non temiessen nada.
436. Andaba el buen padre fuera por sus degannas,
Entendiólas por Dios estas nuevas estrannas,
Recabdando sus cosas a pro de sus compannas,
Et sopo do entraron la foz, e las montannas.
437. La noche que fuxieron, el varon adonado
Enna villa de Crunna prisiera ospedado,
Luego a la mannana el silentio soltado,
Dixolo a sus fraires, non lo tovo çelado.
438. Algunos de los fraires tenienlo por verdat,
Deçien algunos delos que era vanidat,

Vinolos el mensage de la fraternidat,
Por essi entendieron toda çertanedat.
439. Derramaron los omnes, prisieron las carreras,
Prometieron dineros, albriçias muy largueras,
Mas saber non pudieron nullas nuevas çerteras,
Ca yaçien muy quedos las cabezas arteras.
440. Prísose con sus omnes el sancto confessor,
Metióse por los montes quedó a su sabor,
Po derecho a la cueba commo buen venador,
Que tiene bien vatuda non anda en error.
441. Su escapula çinta el adalil caboso,
Vino con sus salidos a la casa gozoso:
Diçien todos que era fecho maravilloso,
Debie seer escripto a onrra del glorioso.
442. Non osaron los moros nunqua iamás foir
Ca non sabien conseio, que pudiessen guarir,
Fuert-miente escarmentados pensaron de servir
El confessor glorioso su ofiçio complir.
443. Un mançebo de casa, que tenie la labor,
Avie fascas perdida la mano de dolor,
Dixo por elli missa el donoso sennor,
Fo luego tan bien sano commo nunqua mejor.
444. Si fo despues, o ante, o en essa sazon,
Quando quiere que sea una es la razon,
Cayeron en grant mengua en essa maison,
Non sabien ond oviessen los monges la raçion.
445. Cuitabanse los monges de estranna manera,
Que non avie en casa farina nin çevera,
Nin pan que les compliesse una noche sennera,
Non les cabie la claustra, maguer larga era.
446. Vino el çellerizo al su padre abbat:
Sennor, diz, tu non sabes la nuestra pobredat,
Non a pan enna casa, sepaslo de verdat,
Somos, si Dios non vale, en fiera mezquindat.
447. Ixió el sancto padre fuera del oratorio,
Mandó todos los monges venir al parlatorio,
Dixo: veyo, amigos, que traedes mormorio,
Porque es tan vaçio el nuestro refitorio.
448. Seed firmes en Christo, e non vos rebatedes,
Ante de poco rato buen conseio avredes,

Si en Dios bien fiades nunqua falta avredes,
Esto que yo vos digo todo lo probaredes.
449. El anno era duro, toda la gent coitada,
Toda la tierra era fallida, e menguada,
Non fallaban manlieva de pan, nin de çebada,
Avien por mal pecado mengua cada posada.
450. Entró el sancto padre luego antel altar,
Empezó muy afirmes al Criador rogar,
Que elli les dennasse conseio embiar,
Ca en ora estaban de ende se ermar.
451. Sennor, dixo, que eres pan de vida clamado,
Que con pocos de panes fartesti grant fonsado,
Tu nos embia vito, que sea aguisado,
Por ond este conviento non sea descuaiado.
452. Tu goviernas las bestias por domar e domadas,
Das çebo a las aves menudas e granadas,
Por ti crian las miesses, façes las espigadas,
Tu çebas las lombriçes, que yazen soterradas.
453. Sennor, tu que das çebo a toda creatura,
embianos acorro, ca somos en ardura:
Tu vees este conviento de qual guisa mormura,
Contra mi tornan todos, yo so en angostura.
454. Mas era de medio dia, nona querie estár,
Tannió el sacristano, foronla a rezar,
Dixola el conviento de muy grant vagar,
Maguer eran en mengua non se querien cuetar.
455. Ixieron de la nona entrar a la cena,
Tenien pan asaz poco, una casa non plena,
Sabrieles ya a trigo si toviessen avena,
Si pan solo toviessen, non avrien nulla pena.
456. Non avie el prior el çimbalo tannido,
Un trotero del rey fo a ellos venido,
De abbat e de fraires fó muy bien reçebido,
Dixoles tal mensage, que le fó bien gradido.
457. Abbat e sennores, el bon rey vos saluda,
Entendió vuestra mengua, embiavos ayuda,
Davos tres vent medidas de farina çernuda,
En dado que non sea mudada, nin venduda.
458. Abbat embiad luego vuestros azemilleros,
Non seades reptado de vuestros companneros:

Los monges que madurgan a los gallos primeros,
Trasayunar non pueden commo otros obreros.
459. Sennores, quando esto ovieredes comido,
Al vos dará el rey, yo lo e entendido:
Nunqua mengua avredes segundo mi sentido,
Nin combredes conducho, que non sea condido
460. Embiaron por ella, fó ayna venida,
El mayordomo fo bono, diógela bien medida,
Lavaronla al forno, fo luego y coçida,
Fo mientre que duró leal-mientre partida.
461. Desende adelante, porque bien la partieron,
Dióles Dios buen conseio, nunqua mengua ovieron:
Los que ante dubdaron, despues se repintieron,
Ca los dichos del sancto verdaderos ixieron.
462. Bendicho sea siempre padre tan adonado,
Debe de todel mundo scer glorificado,
Onrrabanlo los reyes, façien y aguisado,
Ca era bien apreso, qui lo avie pagado.
463. En Monte Ruyo era el preçiado varon,
Andaba por la tierra semnando bendiçion,
Sedie entre grant pueblo, tenielos sermon,
Ixie de la su boca mucha bona razon.
464. Por ir a paraiso buscabales carrera,
Diçie que se guardassen de la mortal malera,
Dezmassen en agosto leal-mient su çevera,
Diessen de sus ganados a Dios suert derechera.
465. Non yogiessen en odio, ca es mortal pecado,
Nin catassen agueros, ca de Dios es vedado:
Fuera sea qui fuesse con su mugier casado,
Non fiçiesse forniçio, si non, serie dannado.
466. El que de tal manera se tenie por errado,
Tomasse penitençia de prest ordenado:
Que tenie lo ageno de roba, o furtado,
Fasta que lo rendiesse nol serie perdonado.
467. Amigos, la almosna nunqua la oblidedes,
Lo que al pobre dierdes siempre lo cobraredes.
Si almosneros fuerdes. almosna trovaeredes
Qual simienza fiçierdes tal era pararedes.
468. Miembrevos sobre todo de los pobres veçinos,
Que iacen en sus casas menguados o mesquinos

De verguenza non andan commo los peregrinos.
Iaçen transiunados, corvos commo ozinos.
469. Albergat los romeos, que andan desarrados,
De vuestros vestidiellos dad a los despoiados
Castigad a vuestros fiios, q ue non sean ossados
En semnadas agenas entrar con sus ganados.
470. Mostrad el Pater noster a vuestras creaturas.
Castigad que lo digan yendo por las pasturas,
Mas vale digan esso, que chistas e locuras,
Ca suelen tales mozos fablar muchas orruras.
471. Lo que usa el ninno en primera edat,
Depues esso se tiene commo por eredat,
Si primero bien usa depues sigue bondat;
Otro si faz el malo, esto es grant verdat.
472. Non iuredes mentira por quanto vos amades,
Ca seredes perdidos si mentira iurades:
En falso testimonio non vos entrometades,
Si vos entrometedes la ley quebrantades.
473. Mandamos a los fijos, que onrren a los parientes,
Tenganlos a su grado fartos e bien calientes,
Por dar el pan a ellos tuelganlo a sos dientes:
Esta ley es dada a todos los credientes.
474. Otra cosa vos miembre, que cutiano veemos,
Quanto aqui ganamos, aqui lo lexaremos,
Si con poco naçiemos, poco mas levaremos:
Dios nos guie a todos que las almas salvemos!
475. El confessor preçioso el sermon acabado,
Vinoli un enfermo que era muy lazrado,
Gafo natural era, dura-ment afollado,
Non era de verguenza de pareçer ossado.
476. Cayoli a los piedes, empezol de rogar:
Padre, yo a ti vengo por salut demandar,
Si tu por mi dennasses una missa cantar,
Yo sano e guarido cuidaria tornar.
477. El padre piadoso doliose del mezquino,
Fo pora la eglesia de sennor San Martino:
Quando fo acabado el ofiçio divino,
Non ovo el malato mester otro padrino.
478. En cabo de la missa el buen missacantano,
Bendixo sal e agua conna su sancta mano,

Echó sobrel enfermo, tornó luego tan sano,
Que mas no pareçió de la lepra un grano.
479. Sennor Sancto Domingo, padron de los claustreros,
Sedie en su çenobio entre sus companneros,
Vino una campanna de desnudos romeros,
Nunqua fablar odiestes de otros tan arteros.
480. Asmaron un trabuco las cosas badeduras,
Desaron en San Pedro todas sus vestiduras,
Vinieron al buen padre cargados de rencuras,
Pidieron que les diesse alguna mudaduras.
481. El omne beneito por poco non ridie,
Ca quanto avien fecho todo lo entendie;
Dixoles que de buena voluntat lo farie,
Ca complir tales cosas en debdo les cadie.
482. Embió en su omne mientre ellos comien,
Adoçir los vestidos alland ond sedien,
Dieron a todos sennos ca tantos le cadien,
Abes tenien los risos los que lo entendien.
483. Ixieron de la casa fuera a la calleia,
Fueron unos con otros façiendo su conseia:
Diz el uno, aquella la mi saya semeia,
Diz el otro, connosco yo la mi capelleia.
484. Quando unos a otros todos bien se cataron,
Vidieron que de nuevo nulla ren non fallaron,
Los pannos que trasquieron essos mismos levaron
Al padre bennedicto mas non lo ensayaron.
485. Qui pudo ver nunqua cuerpo tan palaçiano,
Nin que tambien podiesse iogar a su christiano?
Nunqua vino a él, nin enfermo, nin sano,
Aquí non alegrasse su boca ó su mano.
486. Pruebas avemos muchas en esto e en al,
Que vaso era pleno de graçia çelestial:
El ruegue por nos todos al Rey devinal,
En vida, e en muerte, que nos guarde de mal.
487. Quiero passar al tránssido, dexar todo lo al,
Si non y espendremos todo un temporal:
Aun despues non finca una gesta cabdal,
De que farie el omne un libro general.
488. Lo que el padre sancto cobdiçiaba veer,
Exir deste mal sieglo, en el bono caer,

De todo su laçerio el galardon prender,
Çerca vinie el termino que avie de seer.
489. Çerca vinie el termino que avie de morir,
Que se avie el alma del cuerpo a partir,
Quando las tres coronas avie de reçebir,
De las quales de suso nos udiestes deçir.
490. Commo es la natura de los omnes carnales,
Que ante de la muerte sienten puntas mortales,
Ovo el sancto padre sentir unas atales,
Mas le plógo con ellas que con truchas cobdales.
491. Fo perdiendo la fuerza, pero no la memoria,
Entendió bien que era quitaçion perentoria,
Que le viene mensage del buen Rey de gloria,
Que sopiesse que era çerca de la victoria.
492. Fólo aportunando mucho la malatia,
Alechigó el padre Dios tan amargo dia,
Peroque de la muerte havie placentería,
Doliese el bon padre de la su compannia.
493. Fo muy bien acordado el varon del bon tiento,
Mandó que se aplegassen el su sancto conviento,
Fizoles sermon bono de su mantenimiento,
De que prisieron todos seso e pagamiento.
494. Frayres, dixoles, muerome, poca es la mi vida,
Toda la mi façienda contadla por complida,
A Dios vos acomiendo, la mi grey querida,
El vos guarde de cueta, e de mala caida.
495. Nos levamos la casa al meior que pudiemos,
Comoquier que se fizo, la voluntat metiemos,
Dios depare qui cumpla lo que nos falleçiemos,
Que aya meior seso de lo que nos oviemos.
496. Quando fuere passado luego me soterrat,
Commo manda la regla, alzad luego abbat:
Aved unos con otros amor e caridat,
Servid al Criador de toda voluntat.
497. De la obediencia que a Dios prometiestes,
Et por salvar las almas el mundo aburriestes,
Et de las dos partidas la meior escogiestes,
Catad que lo guardedes, si non por mal nasçiestes.
498. Miembrevos, commo fizo el nuestro Redemptor,
Que fué en cruz sobido a muy grant desonor,

Non quiso desçender, maguer era sennor,
Hasta rendió la alma quando él ovo sabor.
499. Si vos el mi conseio quisieredes tomar,
Et lo que prometiestes quisieredes guardar,
Non vos menguará nunqua, nin çena, nin yantar,
Meiorará cutiano esti sancto logar.
500. Nos a tal lo trobamos, commo vinna dannada,
Que es muy embegida porque fo mal guardada,
Agora es maiuelo, en buen preçio tornada,
Por yr a meioria está bien aguisada.
501. Fío en Jesu Christo, padre de piedat,
Que en esti maiuelo metrá él tal bondat,
Por ond avrá grant cueslo toda la veçindat,
Los de luen e de çerca prendran en caridat.
502. Demas, si por ventura non sodes trascordados.
Ante vos lo dixiemos muchos tiempos passados,
Que de algunas cosas que erades menguados,
Dios vos darie conseio que seriedes pagados.
503. Mientre el padre sancto les façie el sermon,
Ploraba el conviento a muy grant mission,
Ca avien con él todos tanta dilection,
Que se dolie cascuno mucho de corazon.
504. Dixoles el buen padre: amigos non ploredes,
Semeiades mugieres en esso que fazedes;
Mas nuevas vos diremos, las que vos non sabedes,
Aguisad vuestras cosas, ca uespedes avredes.
505. Avredes grandes uespedes ante de quarto dia,
Al rey e la reyna, con gran caballeria,
Al obispo con ellos, con buena compannia,
Pensad que los sirvades, ca es derechuria.
506. Façiense deste dicho todos maravillados,
Onde podien seer tan fieros ospedados:
El rey e la reyna eran much allongados,
Non podrien en sex dias allá seer viados.
507. Entendien lo del obispo, que bien podrie estar,
Ca era en la tierra, e çerca del logar,
Mas era lo del rey mas de maravillar,
Que era allongado e non podrle uyar.
508. El dia que cuidaban aver el ospedado,
Que tenian su conducho todo apareiado,

Vinoles el obispo, e fo bien procurado,
Mas non sabien del rey nuevas, nin mandado.
509. Avie entre los monges por esto grant roido,
Tenian alguantos dellos, que era enloqueçido,
Quel dieran a beber algun mal vino frido,
Diçien los otros, non, mas que era deçebido
Ovo a entenderlo él, maguer mal tannido.
510. Demandólos a todos, maguer que era quexado:
Dixoles: qué roido avedes levantado?
Non a entre vos todos un bien acordado,
Sino non me terriedes por desmemoriado,
Buscades la batuda teniendo el venado.
511. Oy feches la fiesta de la Virgen Maria,
Quando entró en ella el su Sennor Messia,
De reyes e de reynas ellos an meioria,
Yo, sabedlo bien todos, por ellos lo diçia.
512. Deque cantó el gallo, con ellos e fablado,
De ir en pos ellos, ca me an combidado,
Puesto lo e con ellos, e an me aplazado,
Que a pocos de dias prenda su ospedado.
513. Monges e capellanos, quantos que lo udieron,
Todos por una cosa estranna lo tovieron,
El dicho del buen padre non lo contradixieron,
Los que ante dubdaron, todos venia pidieron.
514. Otro dia mannana, que fo Sancta Maria,
Despidióse el obispo, querie se ir su via:
Dixo Sancto Domingo: sennor, yo al queria,
Que aqui vos fincassedes fastal terçero dia.
515. Sennor, yo su coitado, commo yos entendedes,
Que oy vos vayades, cras a venir avredes,
Lazraredes el doble, ca al non ganaredes:
Sennor, si lo fiçierdes grant merçed me faredes.
516. Commo que fo, el obispo non pudo y fincar,
Yxo del monesterio, ovo de cavalgar;
Mas ante que pudiesse la iornada doblar,
Reçibió tal mensage, que ovo de tornar.
517. Tornó al monesterio a una grant presura,
Ca temie lo que era veer grant amargura,
Falló al padre sancto en muy grant presura,
Al conviento plorando diçiendo su rencura.

518. Fiçieronle carrera, aplegóse al lecho,
Entendió que el pleito todo era ya fecho:
Dixole: ay padre, pastor de buen derecho!
Quando tu irte quieres tengome por maltrecho.
519. Padre, el tu conseio a muchos governaba,
Pora cuerpos e almas el tu sen adobaba;
Qui a ti vinie triste, alegre se tornaba,
Qui prendie el tu conseio, sobra bien se fallaba.
520. Los monges, e los pueblos façien muy grant planto,
Diçiendo, qué farémos del nuestro padre sancto?
Todos enna su muerte prendemos grant quebranto
Nunqua mas fallaremos pora nos tan buen manto.
521. Fo çerrando los oios el sancto confessor,
Apretó bien sus labros, non vidiestes meior,
Alzó ambas las manos a Dios nuestro Sennor,
Rendió a él la alma a muy grant su sabor.
522. Prisieronla los angeles, que estaban redor,
Levaronla a los çielos a muy grant onor,
Dieronle tres coronas de muy grant resplandor,
De suso vos fablamos de la su grant labor.
523. Los sanctos patriarcas de los tiempos primeros,
Desende los apostoles de Christo mensageros,
Las huestes de los martires de Abel companneros,
Todos eran alegres con él, e plaçenteros.
524. Sedien los confessores a Dios glorificando,
Que tan preçioso frayre entraba en su vando:
Respondienle las virgines dulçemente organando,
Todos le façien onrra, leyendo e cantando.
525. Sennor San Beneito, con los escapulados,
Que aburrieron el sieglo, visquieronençerrados:
Eran con este monge todos mucho pagados,
Cantaban a Dios laudes, sones multiplicados.
526. El varon cogollano, natural de Berçeo,
San Millan, con qui ovo el de vevir deseo,
Por onrrar su criado façie todo asseo,
Ca metiose por elli en un fiero torneo.
527. Sea con Dios el alma alegre, e onrrada,
Tornemos enna carne que dexamos finada,
Cumplamosle su debdo, cosa es aguisada,
Demosle sepultura do sea condesada.

528. Los monges de la casa cansos e doloridos,
Aguisaron el cuerpo commo eran nodridos,
Fiçieronle mortaia de sus mismos vestidos,
Daban por los corrales los pobres apellidos.
529. El cuerpo glorioso quando fué adobado,
Levaronle a la eglesia por seer mas onrrado,
Fo mucho sacrifiçio por él a Dios cantado,
A él non façie mengua, mas avie Dios endgrado.
530. Avie un grant conviento de personas granadas,
Abbades, e priores, monges de sus possadas,
De otras clereçias assaz grandes mesnadas,
De pueblos, e de pobres adur serien contadas.
531. Condesaron el cuerpo, deronle sepultura,
Cubrió tierra a tierra, commo es su natura,
Metieron grant tesoro en muy grant angostura
Luçerna de grant lumne en lenterna oscura.
532. El cuerpo recabdado, tenidos los clamores,
Yxo end el obispo e sus aguardadores,
Fueron a sus logares abbades, e priores,
Pueblos e clereçias, vassallos e sennores.
533. Sennores, e amigos, Dios sea end laudado,
El segundo libriello avemos acabado,
Queremos empezar otro a nuestro grado,
Que sean tres los libros, e uno el dictado.
534. Commo son tres personas, e una Divinidat,
Que sean tres los libros, una çertanedat,
Los libros que sinifiquen la Sancta Trinidat,
La materia ungada la simple deidat.
535. El Padre, e el Fijo, e el Espiramiento,
Un Dios, e tres personas, tres sones, un çimiento,
Singular en natura, plural en complimiento,
Es de todas las cosas fin, e comenzamiento.

LIBRO TERCERO

536. En el su sancto nomne, ca es Dios verdadero,
Et de Sancto Domingo confessor derechero,
Renunzar vos queremos en un libro çertero,
Los miraglos del muerto de los çielos casero.
537. Desque Sancto Domingo fo dest sieglo passado,
Façie Dios por él tanto, que non serie asmado:
Vinien tantos enfermos, que farien gran fonsado,
Non podriemos los menos nos meter en dictado.
538. Era un mançebiello, naçió en Aragon,
Peydro era su nombre, assi diz la lection,
Enfermó tan fuerte-miente, que era miration,
Nol podien dar conseio nin fembra, nin varon.
539. Grand fo la malatia, e muy prolongada,
Nunqua vinieron fisicos que le valiessen nada.
Era de la su vida la yente defiuzada,
Ca hascas non podie comer una bocada.
540. Avie de la grant coyta los miembros enflaquidos,
Las manos e los piedes de su siesto exidos,
Les oios concovados, los brazos desleidos,
Los parientes de coyta andaban doloridos.
541. En cabo el mezquino perdió la visión,
Esta fo sobre todo la peor lesion,
Mas sofridera era la otra perdiçion,
Non avie sin la lumne nulla consolation.
542. Prisieron un conseio, de Dios fo ministrado.
Adoçir el enfermo essi cuerpo lazrado
Al sepulcro preçioso del confessor onrrado,
Si él non les valiesse, todo era librado.
543. Aguisaron el omne commo meior pudieron,
A la casa de Silos alli lo aduxieron,
Delant el monumento en tierra lo pusieron,
Fincaron los ynoios, su pregaria fiçieron.
544. Tres días con sus noches antel cuerpo yoguieron,
Ficieron sus ofrendas, sus clamores tovieron,
Vertieron muchas lagremas, muchas preçes fiçieron,
545. Acabo de tres dias fueron de Dios oidos,
Abrió Peydro los oios que tenia concloidos,
Fueron los quel constaban alegres e guaridos,

Non querrien por grant cosa non ser y venidos.
546. Cuando ovo la lumne de los oios cobrada,
Credió que su façienda serie bien recabdada:
Fo tendiendo los brazos, su cara alimpiada,
La dolor de las piernas fo toda amansada.
547. Graçias a Jesu Christo, e al buen confessor,
Fo sano el enfermo de todo dolor;
Mas era tan desfecho, que non avie valor
De andar de sus piedes el pobre pecador.
548. Con la salut a una, que le avie Dios dada,
Ovo Peydro la fuerza bien ayna cobrada:
Despidióse del conviento e de la su mesnada,
Sano, e bien alegre tornó a su posada.
549. De Tabladiello era un varon lisionado.
Era, como leemos, Anania clamado,
Era de mala guisa de gota entecado,
Bien avie quatro meses que yaçie lechigado.
550. Avie el mesquiniello los brazos encorvados,
Tenielos enduridos, a los pechos plegados,
Nin los podie tender, nin tenerlos alzados,
Nin meter en su boca uno, nin dos bocados.
551. Commo suelen las nuevas por el mundo correr,
De sanar los enfermos, la salut les render,
Do yaçie el enfermo ovolo a saber,
Commo Sancto Domingo avie tan grant poder.
552. Fizose aguisar el enfermo lazrado,
Entraron en carrera quando fo aguisado,
Vinieron al sepulcro del confessor onrrado,
Que pora espannoles fo en bon punto nado.
553. Parientes del enfermo, e otros serviçiales,
Compraron mucha çera, fiçieron estadales,
Çercaron el sepulcro de çirios cabdales,
Teniendo sus vigilias, clamores generales.
554. Fueron de Dios oidos de lo que demandaban,
Soltaronse los brazos, que contrechos estaban,
Quedaron los dolores, que mucho lo quexaban
Los que le seyen çerca muy afirmes ploraban.
555. Fueron los miembros de los dolores sanos,
Alzaba Ananias a Dios ambas las manos,
Cantaban a Dios laudes essos bonos christianos

Los que con él vinieron estaban ya lozanos.
556. Commo fo el enfermo mucho desbaratado,
Non pudo exir ende fasta fo aforzado:
Quando andar se trovo de todos agraçiado,
Tornó a Tabladiello alegre, e pagado.
557. Una mugier que era natural de Palençia,
Cayó por sus pecados en fiera pestilençia,
Non avie de oir, nin de fablar potençia,
Era de su sentido en sobra grant fallençia.
558. Un sabbado a la tarde las viesperas tocadas,
Iban pora oirlas las yentes aguisadas,
Con pannos festivales sus cabezas lavadas.
Los varones delante, e apres las tocadas.
559. Esta mugier non quiso a la eglesia ir,
Commo todos los otros las viesperas oir:
Mas quiso fer su massa, delgazar, e premir ,
Ir con ella al fomo su voluntat complir.
560. Dios esta grant soberbia non la quiso sofrir ,
Tollóli el fablar, tollóli el oir,
Aun sin esto todo quisola mas batir,
Que sopiessen los omnes, que val a Dios servir.
561. Andaban por su duenna plorando los sirvientes.
Doliense dela mucho todos sus connosçientes,
Veçinos e amigos todos eran dolientes,
Mas la peor mançiella cadie ennos parientes.
562. Mientre que esta duenna en tal coita sedia,
Et de parte del mundo conscio nol vinia,
Membróles del confessor que en Silos yaçia,
Et de tantos miraclos que Dios por él façia.
563. Prisieron la enferma omnes sus naturales,
Los que mas le costaba sus parientes carnales,
Pusieronla en bestia con muchos de mencales,
Fueron con ella omnes comol convienen tales.
564. Vinieron al sepulcro el dommingo mannana,
Echaron la enferma sobre la tierra plana,
Yoguieron y con ella toda essa senmana.
Rogando al confessor, que la tornasse sana.
565. Quando vino la noche del sabbado ixient,
Por velar al sepulcro vino muy grant yent,
Tovieron sus clamores todos de bona mient,

Que la fiçiesse Dios fablante e vidient.
566. Los matines cantados, la prima çelebrada,
Entraron a la missa la que diçen privada,
Sedien pora oirla toda la gent quedada,
Era bien la eglesia de candelas poblada.
567. La lection acabada, que es de sapiençia,
El preste a siniestro fizo su diferençia:
Luego que ovo dicho el leedor sequençia.
Gloria tibi domine dixo la de Palençia.
568. Ovieron del miraclo las yentes grant plaçer,
Non podien de grant gozo las lagremas tener,
Empezaron los monges las campanas tanner,
A cantar el Te Deum laudamos a poder.
569. Quando la ite missa fo en cabo cantada,
Po ella bien guarida, en su virtut tornada,
Ofreçió al sepulcro su ofrenda onrrada,
Despidióse de todos, fosse a su posada.
570. Desend adelant, esto es de creer,
Las viesperas del sabbado non las quiso perdet,
Non tóvo a tal ora su massa por coçer,
Oro maiado luçe, podedeslo veer.
571. En esse dia misme que esta guareçió,
Alumnó y un çiego, en Espeia naçió,
Johan avie nomne, si otri non mintió,
El que primera-mientre la gesta escribió.
572. Una çiega mezquina era asturiana,.
Natural de la villa que diçen Corneiana,
Tanto vedie a viesperas quanto enna mannana,
Bien avie treinta meses, que no fora bien sana.
573. Sancha era su nomne, dizlo la escriptura,
Vivie la mesquiniella en muy grant rencura,
Ca omne que non vede, yaz en grant angostura,
Nin sabe do yaz Burgos, nin do Estramadura.
574. Príso su guionage, que la solie guiar,
Metióse en carrera, pensó de presear,
Iba al cuerpo sancto merçed le demandar,
Iba bien fiuzante, que la podrie ganar.
575. Quando vino la çiega delant el cuerpo sancto,
Dió consigo en tierra, priso muy grant quebranto,
Sennor, dixo, e padre, que yazes so est canto,

Tu torna la cabeza contra esti mi planto.
576. Sennor, que as de Christo ganado tal poder,
Façes fablar los mudos, e los çiegos veer,
Tu me gana la lumne, denname guareçer,
Que pueda las tus laudes por el mundo traer.
577. La oraçion complida gradó al buen Sennor,
Obró la virtut sancta del sancto confessor,
Alumnó la mesquina, fiçieron grant clamor,
Tornó a Corneiana sin otro guiador.
578. En agosin moraba otra que non vedie,
Maria avie nomne, en cueta grant vivie,
Andaba sanctuarios quantos saber podie,
Mas nunqua meioraba, ca Dios non lo querie.
579. Fo a Sancto Domingo merced le demandar,
Tóvo su triduano delant el su altar,
Plorando de los oios contendie en orar,
Pensaba el conviento de bien la ayudar.
580. A cabo de tres dias la virtut fo venida,
Graçias al bon confessor la çiega fué guarida,
Ofreçió lo que pudo, e la missa oida,
Tornó pora su casa, fo sana en su vida.
581. De otra paralitica vos queremos contar,
Que non avie poder de sus miembros mandar,
Natural de Fuent Oria segunt mi coidar,
Maria avie nomne, non cueido y pecar.
582. Non andarie en piedes, nin prendrie de las manos,
Quier la fiçiesse duenna de moros e christianos,
Que yaçie en tal pena avie muchos veranos,
Avienna desleida los dolores cutianos.
583. Non entendien en ella de vida nul conseio,
Los uessos avie solos cubiertos del pelleio,
Domingos e cutianos lazraba en pareio,
Dolieles la su coita a todo el conceio.
584. Udie la mesquiniella todos estos roidos,
Sennor Sancto Domingo quantos avie guaridos,
Diçie a los parientes metiendo apellidos:
Levadme al sepulcro do sanan los tollidos.
585. Prisieronla los omnes a qui dolia su mal,
Cargaronla en andas presa con un dogal,
Fueron poral sepulcro del confessor cabdal,

En qui avie Dios puesta graçia tan natural.
586. Levaron la enferma al sepulcro glorioso.
De qui manaba tanto miraclo preçioso:
Pusieronla delante al padre prodigioso.
Yaçie ella ganiendo commo gato sarnoso.
587. En toda essa noche non pegaron los oios,
Façiendo oraçiones, fincando los ynoios,
Quemando de candelas muy grandes manoios,
Prometiendo ofrendas, oveias, e annoios.
588. La noche escorrida luego a los alvores,
Çelebraron la missa, tovieron sus clamores,
Fueron poco a poco fuyendo los dolores,
Dixo la paralitica, a Dios rendo loores.
589. Sanó la paralitica de la enfermedat,
Mas non pudo tan luego vençer la flaquedat.
Pero fizolé Christo ayna piedat,
Tornóse en sus piedes pora su veçindat.
590. Todos diçien questa era virtut complida,
Que sanó tan ayna cosa tan deleida,
Ca tanto la contaban commo cosa transida,
Et de muerta que era, que la tornó a vida.
591. Era un omne pobre, que avie fiero mal,
Çid lo clamaban todos, su nomne era tal,
Que non podie moverse, passó grant temporal,
Non ixie sola-mientre del lecho al corral.
592. Mas avie de tres annos, e non quatro complidos,
Que avie de podagra los piedes cofondidos,
Udió del bon confessor andar estos roidos,
Commo façie miraclos grandes, e conosçidos.
593. Rogó a omnes bonos de la su veçindat,
Alla que lo levassen por Dios, e caridat:
Eran los omnes bonos, moviolos piadat,
Ovieron a levarlo a essa santidat.
594. Rogó una semanna delant el confessor,
Tenien por el cutiano el conviento clamor,
En el octavo dia a la missa mayor,
Fo guarido el çide, fo ida la dolor.
595. Quando sintió que era de los piedes guarido,
Alzó ambas las manos en tierra debatido,
Sennor, dixo tu seas laudado e gradeçido,

Que ruego de tus siervos nol echas en oblido.
596. Fizo al cuerpo sancto prieçes multiplicadas,
Despidióse de todos tres, e quatro vegadas,
Metióse en carrera façiendo sus iornadas,
Eran todas las yentes del miraclo pagadas.
597. Avie otro contrecto que non podie andar,
Non vedie de los oios mas que con el polgar,
Iaçie commo un çepo quedo en un logar,
Fuera de lo que pidie al non podie ganar.
598. Sancho era clamado esti varon contrecho,
Que avie muy grant tiempo que non salie de lecho,
Tanto vedie de fuera quanto de yus el techo,
Porque querie el vino, assaz era maltrecho.
599. Entender lo podemos, que yaçie muy lazrado,
Ca avie doble pena, e laçerio doblado,
Diçie que lo levassen al confessor nomnado,
Solo que y plegasse luego serie folgado.
600. Ovo de bonos omnes que lo empiadaron,
Levaronlo al tumulo, antelli lo echaron,
A Dios, e al confessor por él merçed clamaron,
Por la salut de Sancho de voluntat rogaron.
601. Por amor del confessor valió el criador,
Guareçió el enfermo de toda la dolor,
Vio bien de los oios commo nunqua meior,
Andaba de los piedes a todo su sabor.
602. Tornó pora su casa guarido, e gozoso,
Predicando las nuevas del confessor glorioso;
Todos diçien que era sancto maravilloso,
Que para los coitados era tan piadoso.
603. Fruela fo de Coriel, Mumo de Villanueva,
Ambos eran contrechos, el escripto lo prueba,
Ambos yaçien travados commo presos en cueva.
Si los fiziessen reyes non irien a Burueva.
604. Vinieron estos ambos quisque de su partida,
Al sepulcro del padre de la preçiosa vida,
Tovieron sus vigilias de voluntat complida,
Fo la petiçion sua del Criador oida.
605. Graçias al confessor bono, ayna recabdaron,
Lo que a Dios pidieron, ayna lo ganaron,
Guarieron de los piedes, el andamio cobraron,

Pagados, e alegres a sus casas tomaron.
606. De Enebreda era una mugier lazrada,
Avie la mano seca, la lengua embargada,
Nin prendie de la mano, nin podie fablar nada,
Avie assaz lazerio cosa tan entecada.
607. Fo a Sancto Domingo a merçet le clamar,
Cadió antel a priçes, mas non podie fablar:
Mas el Sennor que sabe la voluntat iudgar,
EntendiÓ que buscaba, e quisogelo dar.
608. Guareçió de la mano, que tenie entecada,
Soltósele la lengua, que tenie mal travada,
Rendió graçias al padre sennor de la posada,
Tornó a Enebreda de sus cuetas librada.
609. Caetió y un çiego, de qual parte que vino,
Non departe la villa muy bien el pergamino,
Ca era mala letra, ençerrado latino,
Entender non lo pudi por sennor San Martino.

610. Iógo bien doçe dias al sepulcro velando,
Lorando de los oios, los ynoios fincando,
Con bien buena feuza la ora esperando,
Quando sintrie que iban los oios allumbrando.
611. Fizo el bon confessor commo avie costumbre,
Al çiego porfioso embiólo la lumbre,
Cadióli de los oios toda la pesadumbre,
Vedie enna eglesia el suelo e la cumbre.
612. Quando ovo el çiego su cosa recabdada,
Despidióse del cuerpo por ir a su posada,
Aduxieron adiesso una demoniada,
Que era del demonio maltrecha e quexada.
613. Si queredes del nomne de la duenna saber,
Orfresa la clamaban, debedeslo creer ,
Non quissemos la villa en escripto meter,
Ca no es nomneçiello de muy buen pareçer.
614. Metieron la enferma, entró al cuerpo sancto,
De qui ixien virtudes mas de las que yo canto:
El demonio en ello prendie muy grant quabranto,
Quebrantaba al cuerpo mas que solie diez tanto.
615. Doliense de la femna los monges del conviento,

Fueron apareiados por fer su complimiento,
Metieronse a ello de muy buen taliento,
Rogar a Dios quel diesse salut e guarimiento.
616. De que oraron ellos de muy grant femençia,
Queque foron los otros de muy firme creençia,
Tolló Dios a la duenna la mala pestilençia,
Non ovo mas en ella: el mal nulla potençia.
617. Xemena de Tordomar perdió la una mano,
Mas de las dos qual era yo no so bien çertano,
Semeia la seca paia, e la sana bon grano,
La seca al ivierno, la sana al verano.
618. Vino al cuerpo sancto rogar donna Semena,
Sennor, dixo, e padre, tu vés la mi pena,
No me val mas la mano que si fuesse agena,
Non me torna ayuda, e tieneme en cadena.
619. Sennor ruega por esta mesquina peccatriz,
Por amor del buen padre, que yaz sobre Madriz,
Grant es la tu virtut, el tu fecho la diz,
Sennor ruega por esta mesquina non feliz.
620. Commo diz el proverbio, que fabla por razon,
Que el romero fito essi saca ration,
Valioli a Semena la firme oration,
Et que fó porfidiosa en su petiçion.
621. Salió el buen confessor, sanóla de la mano,
El brazo que fó seco tornó verde e sano:
Si pesado fó ante, depues fó bien liviano,
Depues filó Semena sana a su solano.
622. En Agosin moraba una çiega lazrada,
Maria la clamaron de que fó babtizada:
Confondioli los oios malatia coitada,
Si yoguiesse en carçel non iazrie qlas çerrada.
623. Rogó que la levassen do los otros sanaron,
Ond los que foron çiegos allumnados tornaron,
Prisieron la algunos que la empiadaron,
Al sepulcro glorioso a los piedes la echaron.
624. Dixo a grandes voçes la çiega mezquiniella,
Valasme padre sancto, padron de la Castiella,
Tuelle de los mis oios esta tan grant mançiella,
Que pueda con mi lumne tomar a mi casiella.
625. Fo oida la çiega de lo que demandaba,

Por amor del confessor a qui ella rogaba:
Perdió la çeguedad por qui presa andaba,
Tornó Agosin sana, lo que ella buscaba.
626. La çiega allumnada, e ida su carrera
Vino un demoniado, de Çelleruelo era,
Diago avie nomne, esto es cosa vera,
Assi lo escribieron a la sazon primera.
627. Avie un fuert demonio, prendielo a menudo,
Oras lo façie sordo, oras lo façie mudo,
Façiel a las de veçes dar un grito agudo,
El mal huespet façíelo seer loco sabudo.
628. Si non porque estaba preso, e bien legado,
Farie malos trebeios, iuego desaborado,
O a sí o a otri damnarie de buen grado,
Commo non avie seso era mucho ossado.
629.Vivien en esta coyta con él noches e dias,
Si lo dixassen suelto faria grandes follias,
Querríanlo ver muerto los tios e las tias,
Ca diçie dichos locos e palabras radias.
630. Asmaron un conseio, de Dios fo embiado,
Levaronlo al sepulcro del buen escapulado,
Que fo abbat de Silos, e es y adorado,
Serie por aventura del demonio librado.
631. Metieronlo en obra lo que avien asmado,
Po el omne enfermo al sepulcro levado,
Metieronlo en manos del conviento onrrado,
Por miedo de fallençia levabanlo legado.
632. Los monges de la casa complidos de bondat,
Nodridos del buen padre de la grant sanctidat,
Fiçieron contra él toda humanidat,
Pusieronse con elli de toda voluntat.
633. Pusieronse por elli los perfectos christianos,
Soltalonle los piedes, assi fiçieron las manos.
Façien por él vigilias e clamores cutianos,
Non serien mas solliçitos, si fuessen sus ermanos.
634. Fueron las oraçiones del Criador oidas,
Non fueron las vigillias en vaçio caidas,
Obró el bon confessor de las mannas complidas,
Guareçió el enfermo de las graves feridas.
635. Sanó e bien alegre tornó a Celleruelo,

Façien con él grant gozo los que solien fer duelo,
Diçien por el buen padre el grant e el ninnuelo,
Que sabie al demonio echar bien el anzuelo.
636. Quiero vos tres miraclos en uno aiuntar,
Porque son semeiantes, quierolos áungar:
Tres mugieres enfermas, mas non de un Iogar,
Que todas guareçieron delant el su altar.
637. Una fo de Olmiellos, Ovenna por nomnada:
La segunda de Iecola, Maria fo clamada:
Olalla avie nomne la: terçera lazrada,
Destas tres cada una era demoniada.
638. Todas estas femnas eran demoniadas,
Vivien en grant miseria, eran muy lazradas,
Avien las mezquiniellas las yentes enoiadas,
Ca cadien a menudo en tierra quebrantadas.
639. Levaron grant laçerio por muchas de maneras,
Teniendo abstinençias, andando por carreras,
Prendiendo sorrostradas, cayendo en fogueras,
Trayen las mesquiniellas lisionadas ogeras.
640. Guarir non las pudieron ningunas maestrias,
Nin cartas, nin escantos, nin otras eresias,
Nin vigilias, nin lagremas, nin luengas romerias,
Si non Sancto Domingo, padron de las mongias.
641. En cabo, al su cuerpo ovieron a venir,
Fasta que y vinieron non plIdieron guarir,
Ovieron de sus casas con coyta de exir,
Fueron al cuerpo sancto a merçet le pedir.
642. El conviento de Silos, ordenados varones
Por dolor destas femnas fiçieron proçessiones,
Façien ante el sepulcro preçes e oraçiones,
Non tenien los demonios sanos los corazones.
643. Guarieron bien en cabo las enfermas mezquinas
Quando guaridas fueron, teniense por reynas,
Laudaban al confessor de voluntades finas,
Façien con ellas gozo veçinos e veçinas.
644. Un preçioso miraclo vos queremos deçir,
Debedes a oirlo las orejas abrir,
De firme voluntat lo debedes oir ,
Veredes al buen padre en buen preçio sobir.
645. Cozcorrita le diçen, çerca es de Tiron,

End era natural un preçiado peon,
Servan era su nomne, assi diz la lection,
Quiso fer mal a moros, cayó en su prision.
646. Cayó en malas manos el peon esforzado,
Fó a Medina Çelima en cadena levado,
Metieronle en carçel de fierros bien cargado,
En logar muy estrecho de tapias bien çercado.
647, Dabanle prision mala los moros renegados,
Coitabalo la famne, e los fierros pesados,
Lazraba entre dia con otros cativados,
De noche yaçie preso so muy malos candados.
648. Dabanle a las veçes feridas con azotes,
Lo que mas le pesaba, udiendo malos motes:
Ca clamaban los canes éreges e arlotes,
Façiendole escarnios e laydos estribotes.
649. Servan con la gran coyta non supo dó tornar,
Sinon en Jesu Christo, empezol de rogar:
Sennor, dixo, que mandas los vientos, e la mar,
Prendate de mi duelo, denna a mi catar.
650. Sennor de otras partes conseio non espero,
Sinon de ti, que eres Criador verdadero,
Tu eres tres Personas, un Dios solo sennero,
Que crieste las cosas sin otro conseiero.
651. So de los enemigos de la + afontado,
Porque tengo tu nomne so dellos mal menado:
Sennor, que por mi fuste morto e mortaiado 241,
La tu misericordia venza al mi pecado.
652. Quando ovo Servante la oraçion complida,
Çerca era de gallos, media noche troçida,
Adormiose un poco, cansado sin medida,
Era yá desperado de salut e de vida.
653. Por medio de la carçel entró un resplandor,
Despertó a sos oras, ovo dello pavor,
Levantó la cabeza, nomnó al Criador,
Fizo cruz en su cara, dixo: valme sennor!
654. Semeioli que vio un omne blanqueado,
Commo si fuesse clerigo de missa ordenado:
Estaba el cativo dura-ment espantado,
Volviose la cabeza, echóse abuzado.
655. Servan non ayas miedo, dixo el revestido,

Sepas çerta-miente eres de Dios oido.
Por sacarte daquende so de Dios trametido,
Tente con Dios a una por de coyta exido.
656. Sennor, dixo el preso, si eres tu tal cosa,
Que me digas qui eres, por Dios, e la Gloriosa,
Non sea engannado de fantasma mintrosa,
Ca creo en don Christo, enna su muert preçiosa.
657. Recudiole, e dixol el sancto mensagero:
Yo so freyre Domingo, que fu monge claustrero,
Abbat fu de Silos, maguer non derechero,
E fui soterrado dentro en un tablero.
658. Sennor, dixo el preso, commo puedo exir,
Quando de mi non puedo los fierros sacudir?
Si tu tal menge eres, que me vienes guarir,
Tu debes pora esto conseio adozir.
659. Sennor Sancto Domingo dioli un maiadero,
De fuste era todo, non fierro nin azero,
Molió todos los fierros con esse dulz madero,
Non moldrie mas ayna a ios en el mortero.
660. Quando ovo las cormas molidas e cortadas,
Mandólo que ixiesse sin miedo a ossadas:
Dixo él que las tapias eran mucho alzadas,
Non tenie por sobirlas escaleras nin gradas.
661. El sancto mensagero que de suso sedie,
Echóli una soga, a mano la tenie,
Çinnóse bien el preso, que de yuso yazie,
El cabo de la soga ellotro lo ternie.
662. Tirólo con sus fierros el que sedie de suso,
Tan rehez lo tiraba, commo farie un fuso,
A puerta de la carçel bien ayna le puso,
De sacar los cativos estonz priso el uso.
663. Dixo el bon confessor: amigo vé tu via,
Abiertas son las puertas, duerme la muzlemia,
Non avrás null trabaio, ca avrás bona guia,
Serás bien allongado quando fuere de dia.
664. De quanto ir podieres embargado non seas,
Vé al mi monesterio con estas herropeas,
Ponlas sobrel sepulcro, do yaçen carnes meas,
Non avrás I1ull embargo) esto bien me lo creas.
665. Quando desta manera lo ovo castigado,

Tolloseli delante el varon blanqueado,
Servand movióse luego, non sóvo embargado,
Ningun de los postigos non sóvo ençerrado.
666. Quando vino el dia fo él bien allongado,
Nin perdió la carrera, nin andido errado,
Null embargo non ovo, tanto fo bien guiado,
Plegó al monesterio commo li fo mandado.
667. Era por aventura festa bien sennalada,
El dia en que fuera la eglesia sagrada,
Avie grant cleriçia por la fiesta aplegada,
La yente de los legos adur serie contada.
668. Un cardenal de Roma, que vino por legado,
Façie estonz conçilio, Ricart era nomnado,
De bispos, e abbades avie hy un fonsado,
Ca viniera con ellos mucho buen coronado.
669. Entró este cativo de sus fierros cargado,
Con pobre almesia, e con pobre calzado,
Con sus crines trezadas, de barba bien vellado,
Fo caer al sepulcro del confessor onrrado.
670. Sennor, dixo, e padre, yo a ti lo gradesco:
En tierra de christianos yo por ti aparesco,
Por ti exí de carçel, se que por ti guaresco,
Commo tu me mandes te los fierros te ofrezco.
761. Fizose el roido por toda la çibdat,
Que el sancto confessor fiçiera tal bondat:
Non fincó en la villa obispo nin abbat,
Que a Servan non fizo muy gran solemnidat.
672. El legado misme con tanto buen varon,
Cantaron Tibi laus, fiçieron grant proçession:
Desende, iste Sanctus, apres la oration,
Ovieron essi dia las yentes grant perdon.
673. Vidieron el confessor, que era alta cosa,
Que tan grant virtut fizo, e tan maravillosa,
Diçien que tal tesoro, candela tan lumnosa,
Debie seer metida en arca más preçiosa.
674. Maguer que era ante por preçioso contado,
Desende adelante fo mucho mas preçiado:
Predicóle en Roma don Ricart el legado,
Fo por sancto complido del papa otorgado.
675. Dos mugieres contrechas, una de una mano,

La otra de entrambas, sanó este buen serrano,
Ond nació tal milgrana, feliz fo el milgrano,
Et feliz la milgrana, que dió tanto buen grano.
676. La una fo de Yecola, Maria por nomnada,
Tales avie los brazos commo tabla delgada,
Non podie de las manos travar, nin prender nada,
Quequier que la vidiesse la terrie por lazrada.
677. La otra non leemos ond fo natural,
Mas sabado a viesperas façie uno e al.
Lavaba su cabeza, e varrie su corral,
Cadió por essa culpa en peligro á tal.
678. Ambas estas femnas, que eran tan dannadas,
Sanó Sancto Domingo en pocas de iornadas,
Por pocas de vigilias, e pocas trasnochadas
Tomaron, Deo gratias, sanas a sus possadas.
679. De Penna Alba era una demoniada,
Era por sus pecados dura-mientre lazrada,
De la grant malatia muda era tornada,
Era de su memoria mucho menoscabada.
680. Prendiela a menudo la bestia percodida,
Andaba en radio commo cosa tollida,
Non trovaban conseio por ond fosse guarida,
Plazrie a sus parientes de veerla transida.
681. Un dia dó andaba radia commo loca.
Ella lo contó esto con la su misma boca:
Parósele delante una forma non poca,
Vistie una almatica mas blanca que la toca.
682. Ovo ella grant miedo, paróse espantada,
Dixole la imagen: fija non temas nada,
Ovo de ti Dios duelo que eres tan lazrada,
Embiate conseio por ond seas librada.
683. Quiero te deçir, fija, que seas sabidor
Commo es mi nomne, que non ayas pavor,
Yo so San Migael, alferiz del Criador,
A ti so embiado de Dios nuestro sennor.
684. Si tu guarir quieres desta tu malatia,
Vé a Sancto Domingo de Silos la mongia,
y trobarás conseio a tu plazenteria,
Nunqua des un dinero en otra maestria.
685. Quando el buen archangel la ovo castigada,

Tollóseli de los oios la forma blanqueada,
Entendiólo bien ella, aunque era conturbada,
Teniese de la coyta çerca de terminada.
686. Entendió el demonio esta dicha razon,
Tomóla, e maltráxola mas que otra sazon,
Ovo muy grant despecho, pesol de corazon,
Ca contaba que era fuera de la mayson.
687. En medio de los labros pusoli un pedazo
De un engrut muy negro, semeiaba pemazo,
Bien li valió a ella un grant colpe de mazo,
O de palo, que viene de muy valiente brazo.
688. Maguer que mançellada metios en carrera,
Ca non podio tollersela por ninguna manera,
Fo a Sancto Domingo bien lazrada romera,
De tornar meiorada feduzada bien era.
689. Yógo ant el sepulcro, toda una semana,
Comiendo pan de ordio, con vestidos de lana
Entrante de la otra el domingo mannana,
Salió un sancto grano de la sancta milgrana.
690. Tomóla el demonio a la missa estando,
Dió con ella en tierra, trayola mal menando.
La boca ly torçiendo, las espumas echando,
façiendo gestos feos, feos dichos fablando.
691. Comenzoli uq monge, siempre le solie fer,
Los sanctos exorzismos de suso a leer:
Entendió el demonio que avie de seer,
Que avie la posada que tenie a perder.
692. Quando vido que era a mover de la siella,
Escupió de los labros essa mala mançiella,
Finco limpia la cara de essa mançebiella,
Fincaron los labriellos limpios de la mançiella.
693. Cató al leedor essa vipera mala,
Dixo: non me afinques, fraire, si Dios te vala,
Otros de ti meyores me afincan que sala,
Çerca de ti los tienes, a ti non te incala.
694. Dixo el leedor, por Christo te coniuro,
Que me digas que vedes, que me fagas seguro,
Si non, bien te prometo, de verdat te lo iuro,
De buscarte despecho que me parta aduro.
695. Dixol el demonio, non lo quiero negar,

Veo a Sant Martin çerca de mi estár,
Con él Sancto Domingo, padron desti logár,
Ambos vienen bien, sepas, pora mi guerrear.
696. Por ellos he, bien sepas, sin grado a salir,
Por manera ninguna non lis puedo guarir,
Ond yo rogarte quiero, en don te lo pedir,
Que tu non te trabaies tanto me perseguir.
697. Plógo al exorçista mucho esta sentençia;
Metió en coniurarlo mucho mayor fimençia,
Flaqueçió el demonio, perdió toda potençia,
Yá querie seer fuera si li diessen liçençia.
698. Quando a exir ovo del cuerpo de la muda,
Metió una voz fiera sobre guisa aguda,
Exió el suçio malo mas pudiente que çiguda,
Nunca tornó en ella con Dios e su ayuda.
699. Fo sana la enferma, del demonio librada,
Cobró toda su fabla de que era menguada,
Tornó en su estado ond era despoiada,
Fo para Penna Alba del mal bien terminada.
700. Un caballero era natural de Hllantada,
Caballero de preçio, de façienda granada,
Exió con su sennor, que le daba soldada,
Por guerrear a moros entrar en cavalgada.
701. Peydro era su nomne de esti caballero,
El escripto lo cuenta, non ioglar nin çedrero,
Firieron a Alarcos en el salto primero,
Mas non foron guiados de sabio auorero.
702. Cuidaron traer prenda, e foron prendados,
Cuidaron fer ganançia, e foron engannados,
Tomaronlos a todos los moros renegados,
Los que end escaparon, refez serien contados.
703.Los moros quando fueron a salvo arribados,
Partieron la ganançia, los presos cativados,
Foron por el morismo todos mal derramados,
Nunqua en esti mundo se vieron iuntados.
704. Peydro el de Hllantada fo a Murçia levado,
Sabielo su sennor tener bien recabdado,
Non lo tenie en carçel, mas era bien guardado,
Yaçie en fondo silo de fierros bien cargado.
705. Rogaban sus parientes por él al Criador,

Et a Sancto Domingo, preçioso confessor,
Que lo empiadassen al preso peccador,
Et que saliesse de premia del moro traydor.
706. Et él misme rogaba de firme corazon
A Dios que lo quitasse de tan çiega prisión:
Ca si non li valiesse, a poca de sazon
Serie çiego, o muerto, o con grant lision.
707. Miercoles era tarde, las estrellas salidas,
Pero aun non eran las yentes adormidas,
Fueronli al cativo tales nuevas venidas,
Que non oyó tan bonas nunqua, nin tan sabridas.
708. Entró una luçençia grant e maravillosa
Por medio de la cueba, que era tenebrosa,
Espantóse el preso de tan estranna cosa,
Dixo: valasme Christo, e la Virgen gloriosa.
709. Vido forma de omne en medio de la uzera,
Semeia bien monge en toda su manera,
Tenie un baguiliello commo qui va carrera,
Si le fablaria algo estaba en espera.
710. Clamólo por su nomne, dixoli buen mandado
Peydro, dixo, affuerzate, olvida lo passado,
Lo que a Dios pediste a telo otorgado,
Serás desta coita ayna terminado.
711. Ovo pavor el preso de seer embargado,
Que lo façie el amo que lo tenie çerrado,
Que si se levantasse, que serie mal maiado,
O por escarmentar otros serie descabezado.
712. Recudió mansa-mientre el preso pecador,
Dixo: si non me saca Dios el nuestro sennor
Desti qui me tiene non me fiçier amor,
De aqui salir non puedo, esto me faz pavor.
713. Respondióli el otro, que li traye las nuevas,
Peydro, dixo, en esto por muy loco te pruebas:
A Dios non se defienden nin carçeres, nin cuebas,
Que merçed non te faga, a dubdar non te muevas.
714. Sennor, dixo el preso, esta merçed te pido,
Si cosa de Dios eres, que me fagas creido:
Si eres otra cosa, non me fagas roido,
Por ond contra mi amo non sea yo mal traido.
715. Si por mi salut andas, o quieres que te crea,

Descubrite qui eres por ond çertero sea:
Ca si rafez me muevo temome de pelea,
Sé que los mis costados sobarán la correa.
716. Descubrió el trotero toda la poridat,
Amigo, dixo, udi, sabrás çertenidat:
Yo so fraire Domingo, pecador de verdat,
En la casa de Silos fui yo dicho abbat.
717. Dios grant merçet me fizo por la su piadat,
Que me puso en guarda sobre la christiandat,
Que saque los cativos de la catividat,
Los que a él se claman de toda voluntat.
718. Las oraçiones tuyas son de Dios exaudidas
Yo saçerdote non digno gelas e ofreçidas:
Las preçes que façen tus yentes doloridas,
Non son, bien me lo creas, en vacio caidas.
719. Yo so aqui venido por a ti visitar,
Con tal visitaçion debes te confortar;
Debes desta prision ayna escapar,
Commo ha de seer quiero te lo contar.
720. Esti viernes que viene de cras en otro dia,
Dia es que los moros façen grant alegria,
Façen commo en fiesta en comer meioria,
El que algo se preçia non es sin compannia.
721. El sennor qui te tiene por mas se gloriar,
Quierete essi dia de la cueba sacar,
Con otros dos cativos quierevos embiar,
Mientre que ellos yantan, que vayades cabar.
722. De uno de los otros serás su combidado,
Que possedes un poco, tu posa de buen grado
Porná él su cabeza sobre el tu costado,
Quando la aya puesto será adormidado.
723. Tu sey aperçebido, furtateli quediello,
Ponli alguna cosa de yus el çerbiguiello:
Si catares a tierra verás que el aniello
Yazrá con sus sortijas partido del toviello.
724. Date al guarir luego, non te quieras tardar,
Por do Dios te guiare cuitate de andar,
Abras bien guionage, non te temas errar,
Çierto seas que aves por esto a passar.
725. Quando desta manera lo ovo castigado,

Tollioseli de oios el feliz encontrado:
Non fo viernes en mundo nunquia tan deseado,
Non cuidaba el jueves, que lo avrie passado.
726. Quando vino el viernes, abés podia quedar,
Sabet que nol ovieron dos veçes a clamar:
Ante queli dixiessen, Peydro ve a cavar,
Ante comenzó él la azada buscar.
727. Por essa passó Peydro, en tal guisa fó quito,
Commo gelo dixiera el monge beneito:
El que con él fablaba cubierto del amito,
Dioli por la carrera guionage, e vito.
728. Andando por los yermos, por la tierra vaçia,
Por do Dios lo guiaba sin otra compannia,
Todo desbaratado sin otra almexia,
Arribó en Toledo en el doçeno dia.
729. Contólis su laçerio a essos toledanos,
Commo era salido de presion de paganos:
Commo seli cayeron los fierros todos sanos,
Por poco non le iban todos besar las manos.
730. Sonó por la Castiella su virtut sin mensura,
Por toda aliende sierra e por Estremadura,
Teniese la frontera toda por mas segura,
Rendien al buen confessor graçias a gran presura.
731. Quiquiera que lo diga, o mugier, o varon,
Que el padron de Silos non saca infanzon,
Repiendase del dicho, ca non diçe razon,
Denuesta al bon confessor, reçibrá mal galardon.
732. Aun porque entiendan, que non diçe derecho,
Quiero iuntar a este otro tal mesmo fecho,
De otro caballero, que nunqua dió nul pecho,
Sacol Sancto Domingo de logar muy estrecho.
733. Fita es un castiello fuert e apoderado,
Infito e agudo en fondon bien poblado,
El buen rey don Alfonso le tenie a mandado,
El que de Toledo, si non so trascordado.
734. Ribera de Henar dende a poca iornada,
Yaçe Guadalfaiara, villa muy destemprada,
Estonz de moros era, mas bien assegurada,
Ca del rey don Alfonso era ensennorada.
735. A él servie la villa, e todas sus aldeas,

La su mano besaban, dél prendian halareas,
Elli los menazaba de meter en farropeas,
Si revolver quisiessen con christianos peleas.
736. Caballeros de Fita de mala conosçençia,
Nin temieron al rey, nil dieron reverençia,
Sobre Guadalfaiara fiçieron atenençia,
Ovieron end algunos en cabo repintençia.
737. Sobre Guadalfaiara fiçieron trasnochada,
Ante que amanesçiese echaron lis çelada:
Ellos eran seguros, non se temien de nada,
Fiçieron grant danno en essa cavalgada.
738. Quando en la mannana salien a las labores,
Dieron salto en ellos essos cavalgadores,
Mataron e prendieron muchos de labradores,
De quanto lís fallaron non fueron mas sennores.
739. Pesó mucho al rey, fo fuert-mientre irado,
Del conçeio de Fita fué mucho despagado:
Diçie que li avie mal deserviçio dado.
Queli avien su pueblo destruido e robado.
740. Puso dedos en cruz, iuró al Criador ,
Que qual ellos fiçieron, tal prendan o peor:
Vasallo que traspassa mandado de sennor,
Nol debie valer a coita nul fiador.
741. El rey con la grant ira, e con el grant despechó,
Ca por verdat avialo assaz con grant derecho:
Al conçeio de Fita echolis un grant pecho,
Queli diessen los omnes, que fiçieron este fecho.
742. Mandólis que li diessen todos los mal fechores,
Si non, temia que todos eran consentidores,
Alcanzaria a todos los malos dessadores,
Irian por una regla iustos e peccadores.
743. Quando fueron las cartas en conçeio leidas,
Temblaban muchas barbas de cabezas fardidas:
Algo darien que fossen las paçes bien tenidas,
Darien de sus averes bien las quatro partidas.
744. El conçeio de Fita firme e afforzado,
Non osó traspassar del rey el su mandado:
Que fuessen a conçeio fo el pregon echado,
Foron a poca dora todos en el mercado.
745. Ovieron un acuerdo mayores, e menores,

Los padres, e los fiios, vasallos, e sennores;
Metieron en recabdo a los cavalgadores,
Tomaronlis cablievas, e bonos fiadores.
746. Embiólis el rey a poca de sazon,
Que li diessen los omnes, non dixiessen de non:
Diogelos el conçeio, metiolos en prision,
Tenien todos los omnes que avrien mal perdon.
747. Aviale entre los otros uno mans sennalado,
Por quis guiaban otros, e façien su mandado:
A viale de fiera guisa el rey amenazado,
Avie muy grant miedo de seer iustiçiado.
748. Iuhan avie nomne el dicho caballero,
Sobre las otras mannas era buen parentero,
Pero era te nudo por omne derechero,
Non sabien otro yerro si non aquel sennero.
749. Rogaban por él todos a Dios nuestro sennor,
Et a Sancto Domingo tan noble confessor,
Que lo empiadassen, oviessen del dolor,
Si nunqua lo ovieron de algun peccador.
750. El misme en la carçel esso mismo façia,
La lengua nol folgaba, maguer preso yaçia:
A Dios, e al confessor rogaba, e diçia,
Que si lo dend libras se nunqua malo seria.
751. De qual guisa salió deçir non lo sabria,
Ca fallesçió el libro en que lo aprendía:
Perdióse un quaderno, mas non por culpa mia,
Escribir aventura serie grant folia.
752. Si durasse el libro nos aun durariamos,
De fablar del buen sancto non nos ennoiariamos:
Commo salió el preso todo lo cantariamos,
Si la leccion durasse, tu autem non diriamos.
753. Mas que Sancto Domingo sacó al caballero,
Non es esto en dubda, so bien end çertero:
Mas de los otros presos el iudiçio cabero,
Yo non lo oí nunqua por suennos, nin por vero.
754. Sennores demos laudes a Dios en qui creemos,
De qui nos viene todo quanto bien nos avemos:
La gesta del confessor en cabo la tenemos,
Pero bien lo creades, nos assi lo creemos.
755. Que de los sus miraclos los diezmos non avemos,

Lo que saber podiemos escrito lo tenemos,
Ca cada dia cresçen, por oio lo veemos,
Et cresçerán cutiano depues que nos morremos.
756. A tal sennor debemos servir, e aguardar,
Que sabe a sus siervos de tal guisa onrrar:
Nol podrie nul omne comedir, nin asmar,
En qual ganançia toma a Dios serviçio far.
757. Yo Gonzalo por nomne, clamado de Berçeo,
De Sant Millán criado en la su merçed seo:
De façer este trabaio ovi muy grant deseo,
Riendo graçias a Dios quando fecho lo veo.
758. Sennor Sancto Domingo, yo bien está creido
Por este poco serviçio, que en él e metido,
Que fará a don Christo por mi algunt pedido,
Que me salve la alma quando fuero transido.
759. Sennores, non me puedo assi de vos quitar,
Quiero por mi serviçio algo de vos levar:
Pero non vos querria de mucho embargar
Ca diriades que era ennoioso ioglar.
760. En graçia vos lo pido, que por Dios lo fagades,
De sendos pater nostres, que vos me acorrades,
Terneme por pagado, que bien me soldades,
En caridat vos ruego, que luego los digades.
761. Sennor Sancto Domingo, confessor acabado,
Temido de los moros, de christianos amado,
Sennor, tu me defendi del colpe del pecado,
Que de la su saeta non me vea colpado.
762. Sennor padre de muchos, siervo del Criador,
Que fuisti leal vassallo de Dios nuestro sennor:
Tu seas por nos todos contra él rogador,
Que nos salve las almas, denos el su amor.
763. Padre, que los cativos sacas de las presiones,
A qui todos los pueblos dan grandes bendiçiones,
Sennor, tu nos ayuda que seamos varones,
Que vençer non nos puedan las malas temptaciones.
764. Padre lleno de graçia, que por a Dios servir,
Salisti del poblado, al yermo fuisti vivir,
A los tuyos clamantes tu los quieras oir,
Et tu quieras por ellos a Dios merçed pedir.
765. Demás porque podiesses vevir más apremiado,

De fablar sin liçençia, que non fuesses ossado,
feçiste obediençia, fuisti monge ençerrado,
Era del tu serviçio el Criador pagado.
766. Padre, tu nos ayuda las almas salvar,
Que non pueda el demon de nos nada levar:
Sennor, commo sopiste la tuya aguardar,
Rogamoste que quieras de las nuestras pensar.
767. Padre, qui por la alma el cuerpo aborriste;
Quando en otra mano tu voluntat pusiste,
Et tornar la cabeza atrás nunqua quesiste,
Ruega por nos ad Dominum a qui tanto serviste.
768. Padre, tu lo entiendes, eres bien sabidor,
Commo es el deablo tan sotil reboltor:
Tu passasti por todo, pero fuist vençedor,
Tu nos defendí delli, ca es can traydor.
769. Padre, bien lo sabemos que te quiso morder,
Mas non fo poderoso el dient en ti meter:
Siempre en pos nos anda non a otro mester,
Sennor, del su mal lazo quieras nos defender.
770. Padre, nuestros pecados, nuestras iniquitades,
De fechos, e de dichos, e de las voluntades,
A ti los confessamos, padron de los abbades,
Et merçed te pedimos, que tu nos empiades.
771. Denna resçibir, padre, la nuestra confession,
Metí en nuestros corazones complida contriçion,
Recabdanos de Christo alguna remission,
Guíanos que fagamos digna satisfaction.
772. Ruega sennor, e padre, a Dios que nos de paz,
Caridat verdadera, la que a ti mucho plaz,
Salut, e tiempos bonos, pan, e vino assaz,
Et que nos de en cabo a veer la su faz.
773. Ruega por los enfermos, ganalis sanidat,
Piensa de los cativos, ganalis yeguedat:
A los peregrinantes ganalís seguridat,
Que tenga a derechas su ley la christiandat.
774. Ruega por la eglesia a Dios que la defienda,
Que la error amate, la caridat ençienda,
Et que siempre la aya en su sancta comienda,
Que cumpla su ofiçio, e sea sin contienda.
775. Quierote por mi misme, padre, merçed clamar

Ca ovi grant taliento de seer tu ioglar.
Esti poco serviçio tu lo quieras tomar,
Et quieras por mi Gonzalo al Criador rogar.
776. Padre entre los otros a mi non desampares,
Ca diçen que bien sueles pensar de tus ioglares,
Dios me dará fin bona si tu por mi rogares,
Guaresçeré por el ruego de los tus paladares.
777. Debemos render graçias al Rey spirital,
Qui nos dió tal conseio tan nuestro natural:
Por el su sancto merito nos guarde Dios de mal,
Et nos lieve las almas al regno çelestial.

Amen